KB033725

살아가려면
뭐라도
사랑해야겠습니다

살아가려면
뭐라도
사랑해야겠습니다

장마음 에세이

1
흘러간 순간들이
머무르는 곳

쉬어도 쉰 것 같지 않다면

강렬하진 않지만 여전함이 있다

꽃을 선물한다

친구는 살고 싶었다고 했다

빛이 묻은

좋아하는 것 하나 없는 삶은 조금 슬프잖아

쿠키 레시피

잃어버린 것들을 찾아내고 나면

카페를 처분하던 날

좋은 여름 되세요

너는 이제 조금 멀리 산다

힘들다는 말보다

노래에 담는다

숨을 참는 찰나를 좋아해

잠 대신 다른 걸로 새벽을 채운 날

우리집에는 홈런볼이 늘 박스째 있다

할머니는 밥 대신 두유를 드시곤 했다

어린아이처럼

낡고 헤져도 버릴 수 없는

언니의 책

사소한 것들을 사랑한다면

서로에게 스며든다는 것은

예상치 않게 시작됐다

알 수 없는 여름의 냄새에서

잘 지냈냐고 묻기엔 딱히 알고 싶지는 않은데

다정함을 일깨워주는

놓고 싶은 것들을 종이배에 담아

2
그리움도 있고 씁쓸함도 있고
아쉬움도 있고 그래

구멍과 결핍에 대해
내가 나를 위로하려면
자전거를 탈 줄 모른다
과거를 직면하는 일은 너무 뎗다
소통하는 방식
적당한 마음을 준다는 것은
을지로의 일요일
여름은 해가 일찍 뜬다
골목길의 별
가방 안에는 인생이 있다
2월 29일은 훈의 생일이었다
보고 싶은 사람이 있냐고 했다
떠나는 것들에 연연하지 않는 법
아직도 네가 있었던 시간에 살아
꾸역꾸역 살아간다고 느껴질 때가 있다
비눗방울을 잡고 싶었다
네가 아픈 건 정신력이 부족해서야
거창하지 않아도 낭만
바닥의 얼룩
생각보다 잘 지워지지 않는
커피와 맥주를 한 번에 마시는 이유
자잘히 박힌 조각들은 잘 잊히지 않는다
큰 사람이 된다는 것
과거의 내가 너무 못나서 괴로우면
순간은 붙잡을 수 없기에 의미 있다

3
솔직히 말하면 울고 싶고
더 솔직히 말하면 죽고 싶었다

안녕하세요
눈을 감는다고 잠이 오는 건 아니더라고
불공평한 세상
고래는 물 밖에서 숨을 쉰다
멀미가 나서 택시를 탔다
시차
괜한 꿈을 꿨다
흘러갈 거야
언제쯤 어엿한 어른이 될 수 있을까요
망원역 말고 상수역 방향
새벽은 파랗고 노을은 붉다
널 미워할 체력이 아까워서
사라지고 나면 슬프지 않을까
남은 것들에 대해
너의 생일을 축하해 줄 수가 없다
별건 아니고 보고 싶어서
공허함을 채워주는 것들
4월의 모기
첫 마디를 떼는 것이
사랑을 받는다고 무조건 행복한 건 아니더라
고양이가 보고 싶은데
편지는 모두 현재진행형이다
영원하지 않을 거야
동굴

4
아픈 상처까지도
사랑할 수 있다면

바닥을 치고 나면 올라갈 일밖에 없다
울 줄은 아는 사람이라 다행이라고
올겨울은 유난히 따뜻했다
떠나고 싶은 밤
제때 밥을 먹는 것부터
우울할 땐 방 정리를
술을 먹고 뱉는
연초에 듣는 캐롤
서툴게 살아도 괜찮다
그런 이름 하나쯤은 있지
혼자 하는 사랑이 무슨 의미가 있겠어
다르기에 사랑할 수 있는 사람
오렌지 주스를 좋아하지는 않았는데
꿈보다 더 좋은 현실이기를
왜 이렇게 아픈 곳이 많아요
하루쯤은 낯뜨거워도 사랑한다고 말하고 싶다
내일은 오늘보다 더 어른이니까
봄에는 비가 오지 않았으면 좋겠다
뻐근하지만 접지르지는 않았다
화살을 피하지 않을 이유는 없잖아
결핍이 있는 사람은 소중한 줄을 안다
울고 싶어도 울 수 없는 사람
힘들다는 말을 하지 않아도

들어가며

문득 사랑하는 것들을 많이 만들어 두어야겠다는 다짐을 했습니다. 삶에 미련을 만들어주는 것은 결국 그런 것들이라는 생각이 들었기 때문입니다. 사랑하는 것이 없었던 삶 속에서는, 죽고 싶다는 마음이 불쑥불쑥 튀어나오기도 했습니다. 그러다 보니 무서워졌습니다. 사랑하는 것들이 모두 사라지고 나면 나도 같이 사라질 것 같아서요.

맥주를 마시고 잠들기 직전의 몽롱한 밤을 사랑하고, 친구네 집 귀여운 고양이 두 마리를 사랑합니다. 새벽에 영상통화를 걸면 지금이 낮인 것 마냥 쌩쌩하게 제 전화를 받아주는 친구들을 사랑하고요, 글을 쓰다 배고파지면 두부를 부쳐주시는 우리 엄마를 사랑합니다. 그렇게 내가 사랑하는 것들을 되짚어 보기 시작했습니다. 그리고는, 새롭게 사랑하는 것들을 많이 만들어보기로 했습니다.

그렇지만 이따금씩 다시 사라지고 싶다는 생각이 들면, 저는 언니의 편지를 펼쳐봅니다. 편지 속 언니는, 깜빡하고 언니 집에 두고 간 정리되지 않은 저의 가방 속 가득 찬 쓰레기들을 버려버리고는, 언니가 먹으려던 과자와 초콜릿을 담았습니다. 그러고는 살아가면서 예쁜 것들을 같이 많이 채워 넣자고 했습니다. 그렇게 계속 같이 살아가자고요.

세상에서 사라지고 싶은 마음이 들 때. 내가 사랑하는 것들을 모두 잃어버린 것 같을 때. 제가 언니의 편지를 펼쳐보는 것처럼 여러분이 이 책을 펼쳐보게 되었으면 좋겠습니다. 우리 사랑하고 있지만 잊어버린 것들을 기억해 봅시다. 세상에 사랑하는 것들을 많이 만들어 둡시다. 살아가기 위해 많은 것들을 사랑하다 보면, 사랑하는 것들 덕분에 살아갈 수 있게 될지도 모르니까요.

1

흘러간

순간들이

머무르는 곳

쉬어도 쉰 것 같지 않다면

    요새는 하던 일이 잘 풀리지 않으면, 질기게 붙잡고 있기보다는 잠시 멈춰두고 다른 걸 하고는 한다. 며칠 전에는 어디에 박아두었는지도 잊고 있던 우쿨렐레를 찾았다. 튜너를 잃어버려서 대충 피아노로 땅 땅 쳐보며 어설프게 음을 맞추고는 오랜만에 코드를 잡아보니, 새삼 손도 몸도 많이 컸다 싶다.

    그러다 가끔은 또 그림을 그리기도 한다. 한창 오일 파스텔로 그림을 그리곤 했는데, 최근에는 물에 닿으면 수채화가 되는 사인펜을 선물 받았다. 사실 제대로 각을 잡고 붓을 꺼내 수채화를 하려는 마음까지는 없어서, 아직 내게는 여느 사인펜과 다를 바가 없지만. 언젠가는 좀 더 정식적으로 물도 떠오고 해서 근사한 그림을 그려야지.

    이제야 내가 쉬는 방식을 배운 건 아니었나 생각했다. 무작정 송장처럼 침대에 누워 꿈쩍도 하지 않고 하루를 보내는 것이, 오히려 나를 더 지치게 만든다고 느껴질 때가 있었다. 그렇게 누워있지만 쉬지는 못했던 시간들 속에서는, 난 쉬는 방법조차도 모르는 사람이었나, 하고 자책하기도 했다.

무언가를 하지 않는다고 마냥 쉬는 것이 아니다. 내가 지쳐있는 곳에서 벗어나 다른 시도를 해 보는 것이, 누군가에게는 또 다른 의미의 휴식이 될 수 있다. 내게는 특히나 그랬다. 아무것도 하고 있지 않는 건, 쉬는 것이 아니라 참고 있는 기분에 가까웠으니까.

그러다 다시 새로운 일로 돌아오고 나면, 답답한 방을 한바탕 환기한 것처럼 머리가 청량해진다. 또 일을 하다 머릿속에 먼지가 가득 쌓이고 나면 또다시 환기를 한다. 먼지 구덩이 속에서 숨을 참아가며 얼른 완성해버려 하는 건 능사가 아니더라고.

강렬하진 않지만 여전함이 있다

생각이 풀리지 않으면 도망치듯이 오는 친구 집이 있다. 두 시간 반 동안 기차를 타고, 기차역에서 또 만 원만큼의 거리로 택시를 타야 도착할 수 있는 곳. 집에서 꽤 먼 곳이다 보니 자주 올 수는 없지만, 늘 올 때마다 포근한 느낌이 든다. 결혼을 하진 않았지만 친정집에 오는 기분이 든다.

친구는 내가 가면 늘 요리를 해준다. 알리오 올리오니 볶음 밥이니 하는 것들을 산더미처럼 만들어 주는데, 요리가 취미라고는 하지만, 늘 얻어먹는 게 미안해서 커피든 뭐든 자꾸 사주고 싶어진다. 친구가 늦게 일어나는 날이면, 몰래 샌드위치를 주문해 놓고는 일어나면 먹인다든지 해서.

그렇게 밥을 든든히 얻어먹고 나면 노트북을 열고 글을 쓴다. 오면서 대단한 생각을 한 것도 아니고, 기차 창밖으로 엄청난 걸 본 것도 아닌데. 이곳에만 오면 불현듯 생각나는 것들이 있어서. 염치 불고하고 자꾸만 찾아오게 되는 것이다.

타박타박 글을 쓰고 있으면 친구는 옆에서 혼자 뭔가를 만들거나, 기타를 치면서 노래를 쓰거나, 혹은 그냥 잠들어 버리기도 한다. 누군가가 먼저 말을 만들어 내지 않아도, 그 공백이 편안한 기분. 참, 가족 같은 기분이 든다. 누군가 행복은 행동이 아니라 상태라고 했는데. 여기에는 아주 지속적이고 잔잔한 행복이 있다. 포근한 의자와 따뜻한 벽지, 돌아가는 이소라 노래가 틀어진 엘피판에 강렬하진 않지만 여전함이 있다.

꽃을 선물한다

꽃은 해가 잘 드는 곳에서 한 번에 바짝 말려야 해. 습한 곳
이나 그늘진 곳에서는 잘 안 마를뿐더러, 냄새가 날 수도 있고
벌레가 생길 수도 있어. 선물을 받으면 포장지 하나조차 아까
워 잘 버리지 못하는 친한 언니는 꽃을 말리는 데에 전문가다.

유난히도 꽃을 좋아하는 사람이다. 그렇지만 생화의 수명은
길어야 일주일 정도기에, 언니는 받은 꽃들을 하나둘씩 말리
기 시작했다.

드라이플라워를 애초에 받는 게 낫지 않느냐는 내 물음에,
그럼 말리기 전 꽃을 볼 수가 없잖아. 말리기 전도, 후도 너무
다른 느낌으로 예쁘니까. 언니는 이틀간 화병에 꽃을 넣어두
고 보다가 말려서 보관하는 걸 좋아한다고 했다.

받은 순간만 기분이 좋고 이내 방치해두는 게 아니라, 선물
받은 순간부터 화병에 담긴 꽃이 시들지 않았나 계속 확인하

고는 신경 써서 꽃을 말리고 차곡차곡 보관하기까지. 선물을 준 사람까지도 이렇게 행복하게 만드는 방법이 또 있을까.

마음이 고마워서 자꾸만 또 선물을 주고 싶어지는 그런 사람. 길을 걷다 꽃집을 발견했을 때마다 생각이 나 지나칠 수 없게 만드는 사람. 결국은 사 버린 예쁜 다발을 가져가면서 말려진 잎들을 기대하게끔 하는 사람.

참 꽃 같은 사람이다. 행여 사라질까 말려서 계속 곁에 계속 두고 싶어진다.

친구는 살고 싶었다고 했다

　친구는 그간 헬스장에 가 본 적이 한 번도 없었다고 했다. 그래서 인터넷에 헬스장 운동 순서 같은 걸 검색해 보고는, 그걸 그대로 따라 하는 중이라고 했다. 무작정 다니기만 하면 금세 포기해버릴 자신의 성격을 알고 있으니, 스스로 친구들에게 개근 공약을 걸어두고는 이 악물고 매일 출근을 하는 중인 거다.

　너무 추워서 나가기 싫었던 날도, 심지어는 눈이 오는 날도 있었는데. 친구는 하루도 빠지지 않고 나갔다. 일정이 아무리 빠듯해도 새벽에 혼자 헬스장에 가서는 한 시간을 채우고 오는 거다. 문득 궁금해졌다. 무엇이 널 헬스장까지 이끌게 했는지.

　친구는, 살고 싶었다고 했다. 무기력하게 침대에 누워있다 결국은 하루 종일 밖에 나가지 않는 날이 많아지니까, 정말이지,

이러다가는 남아있는 근육이 다 사라질 수도 있겠구나. 침대에 누워있는 것밖에 할 수 있는 게 없는 병실의 사람들과 별반 다를 것 없다는 생각이 들었다고. 그러다가 잠깐 외출할 때면 이제는 지하철 계단을 올라가는 것조차 힘에 부치더란다. 친구의 목적은 미용이나 체중 관리가 아니었다. 생존이었고 연명이었다.

그간 앓고 있던 무기력함에서부터 침대를 벗어나게 하고, 어떻게든 일상을 잡아주는 것이 생존이었다니. 복잡한 마음이 들었다. 그렇지만 무기력을 앓고 있는 이들에게는 어떤 백 가지 위로보다 그냥 집 밖으로 끌고 나오는 것이 더 약이 되기에. 녹아 사라지지 않으려면 어떻게든 움직여야 하더라고.

무기력은, 죽어가는 것. 나도 생존을 위해서 오늘 동네 한 바퀴를 돈다. 언제까지나 기력이 없다며 현관문을 열지 않을 수는 없잖아. 헬스를 꾸준히 하다 보면 너도 살아갈 체력을 가지게 되지 않을까. 새벽에 나가는 거리에도 목적이 있으니 덜 위태롭지 않을까.

빛이 묻은

빛이 묻은 것들은 현실감을 잃게 만든다. 춥지도 덥지도 않은 아침과 점심 사이의 지하철 창문 밖 한강은 햇빛이 가득 닿아 반짝인다. 잔잔한 물결의 흐름은 눈을 부실 정도로 하얗다. 비현실적인 무언가를 본 것 마냥. 가끔은 이게 꿈인가 싶기도 하다.

햇빛 한 줄기가 함께 찍힌 필름 사진에는 날아간 부분이 생긴다. 밝다 못해 하얗게 찍힌 햇살과 함께 나온 네 모습을 보면, 원래부터 널 사랑하고 있었다는 듯 내 기억을 조작하게 만든다. 마치 갑작스럽게 비친 밝은 햇빛에 눈살을 찌푸렸다가 다시 떴을 때 너와 눈이 마주치는 흔한 클리셰처럼.

네 눈동자도 빛을 쬐고 있으면 밝고 투명한 갈색이 된다. 너는 햇빛이 너무 강하다며 눈을 감는다. 그럼 속눈썹에 빛이 반사되어 반짝인다. 눈을 감고 뜨는 과정 속에서 빛나지 않는 것이 아무것도 없다.

빛이 묻은 것들은 사랑할 수밖에 없게 만든다. 내 마음이 먼지 구덩이가 되어 컴컴하고 메케해지면 이 속으로도 빛이 들어왔음 좋겠다 생각한다. 눈에 보이지 않은 작은 먼지들도 빛을 받으면 별처럼 반짝이면서 공중을 떠다니곤 하니까. 캄캄하고 망가진 마음도 빛을 받고 나면 사랑할 수도 있게 되지 않을까.

빛 밝은 곳에서는 눈을 꼭 감아도 아주 새까맣지 않더라. 그럼 내가 아주 어둡고 비참해져도 최악의 바닥을 치진 않을 것 같더라고. 몽롱한 꿈속에 빠진 것처럼 살아갈 수 있을 것 같더라고.

좋아하는 것 하나 없는 삶은 조금 슬프잖아

생일선물로 뭘 받고 싶은가. 3월이 되면 제일 많이 듣는 질문이다. 태어난 날을 축하받고, 심지어 선물을 받기까지 하는 생일인데. 언젠가부터는 이런 것들이 꽤나 부담이 되곤 했다.

알맞은 가격대에, 서로 부담되지 않을 만한 선에서 내가 받고 싶은 것을 고르는 일. 평소에 욕심이 없는 것도 아니었는데, 왜인지 생일 근처에만 가면 갖고 싶었던 것들이 잘 기억나지 않는다. 그러게 평상시에 생각날 때마다 적어 둘걸. 결국 매년 커피를 좋아하는 내게 카페 기프티콘만 잔뜩 주어서, 유효기간이 될 때까지 사용하지 못한 쿠폰만 수두룩하였다.

나와 생일이 며칠 차이 나지 않는 친구도 비슷한 고민을 하고 있었다. 이제는 내가 뭘 좋아하는지조차 잊어버린 것 같다면서. 참 슬픈 일이야. 누굴 만나고 싶고, 내일 뭘 하고 싶고, 뭘 먹고 또 뭘 듣고 싶은지. 취향이 사라진 것 같아, 아니, 어쩌면 원래부터 없었던 것 같기도 해.

그래서 갖고 싶은 게 생기면 자신에게도 이야기해달라고 했다. 그냥 비슷한 걸 자기도 받아야겠다면서. 그렇지만 나 역시도 너에게 받을 선물조차도 고르지 못했다. 너나 나나 참 스스로를 챙길 줄 모른다는 생각을 했다.

입버릇처럼 하던 말이, 취향이 없는 사람은 참 스스로를 돌보지 못하는 것 같다는 거였는데. 정작 생일이 다가오고 나니 내가 그러고 있었다는 걸 알았다. 아메리카노를 먹으러 갔다가 두 가지 원두 중 하나를 선택해야 하는 카페에 들어갔을 때. 케냐와 에티오피아 중 한참을 고민하다가 결국은 아무거나 대충 골라버린 기억. 오랜만에 친구를 만나 무얼 할까 계속 이야기하다가 결국은 근처에서 밥을 먹고 커피를 마신 후 그냥 집에 갔던 기억.

취향이 없는 삶이 나쁘다는 건 아니지만. 좋아하는 것 하나 없는 삶은 조금 슬프니까. 오늘은 쇼핑몰을 밤새 뒤져서라도 위시리스트를 잔뜩 채워볼 거다. 언젠가 힘든 일들에 잔뜩 지쳐있을 때 입꼬리를 올려줄 만한 것들로.

쿠키 레시피

버터를 크림처럼 만든 다음에, 설탕이랑 섞어. 그다음에 노른자랑 밀가루를 넣고는 반죽을 만드는 거야. 반죽이 완성되면, 그때부터는 넣고 싶은 뭔가를 넣는 거지. 오븐은 미리 예열해 두고. 다 구운 쿠키는 잠깐 식힌 다음에 먹는 게 좋아.

잔은 언젠가부터 쿠키를 굽는 취미가 생겼다. 아마 자그마한 오븐을 산 이후부터였던 것 같다. 잔은 말랑하게 만든 반죽 안에 초코칩을 자잘하게 넣기도 하고, 말린 라즈베리를 넣기도 한다.

시중에 파는 쿠키보다 크기도 크고 두꺼운 것이, 잔이 가진 따뜻한 마음과 비슷한 것 같아서, 난 그런 잔의 쿠키를 좋아한다. 그런 질문을 했다. 언제 쿠키를 만들어야겠다는 생각이 드냐고. 물론 쿠키가 먹고 싶어질 때일 수도 있겠지만, 요리처럼 끼니를 해결하기 위해 만드는 건 아닐 테고. 제과니, 제

빵이니 하는 것들에 원체 뜻이 없는 나라서, 어떤 타이밍에 버터를 꺼내게 되는지 궁금해졌다.

잔은, 괜찮은 사람이 되고 싶어서 쿠키를 굽는다고 했다. 아무것도 풀리지가 않을 때. 그렇게 막히고 나면 뭐라도 구워서 앞에 내놓는 거야. 그럼 내가 뭐라도 해낸 것 같은 착각이 들거든. 쓸모 있는 사람이 된 것 같은 착각. 그리고 쿠키를 구우면 좋은 냄새가 나.

넣고 싶은 무언가를 쿠키에 넣는다더니. 잔은 쿠키에 속상함을 같이 담았나 보다. 이래저래 주방을 어지럽히면서 쿠키를 구워내고는 또 정리하는 일이 얼마나 피곤한지 알고 있다. 어렸을 적 언니와 하루 종일 힘겹게 빵을 굽고 쿠키를 만들 때, 엄마는 멋대로 주방을 어지럽혔다며 혼을 내시면서도 고된 뒷정리를 언니와 둘이 힘겹게 하는 걸 보면서 결국에는 같이 도와주시고는 했다. 그러니까, 착각이라고 말하기에는 쿠키를 굽는 건 너무 멋진 일이라는 것.

다음번에는 같이 쿠키를 굽기로 했다. 막막해지면 찾아갈게. 그때의 우리 쿠키에는 무얼 담을지 고민해 보자. 기왕이면 모든 걸 잊을 만큼 달콤한 거로.

잃어버린 것들을 찾아내고 나면

이사를 준비하다 보면 가구를 이리저리 옮기게 되는데, 그러다 보면 평소에 가벼운 청소를 할 때는 발견하지 못한 것들을 찾을 수가 있다. 이를테면 잃어버린 줄 알았는데 알고 보니 소파 밑에서 발견하는 것들이나, 침대 밑에서 발견하기는 했는데 이게 도대체 누구의 것인지, 언제 들어간 건지도 기억이 나지 않는 것들.

기억나지 않는 것들이 나오면 분명 내 것―혹은 가족이나 친구의 것일 수도 있겠지만―인데도 무언가 선물 받은 기분이 드는 거다. 가끔 동전이나 지폐가 나오고 나면 그 기분은 배가 된다. 분명 언젠간 내가 잃어버린 돈이었을 텐데.

그렇게 잊어버린 것들을 찾아내는 것들도 좋지만. 찾고 싶지만 잃어버린 것들을 찾아내고 나면, 정말 오랜만에 고향 친구를 만난 것 같은 작은 울컥함이 있는 것이다. 상실해 이내 흐

릿해진 추억을 복원한다는 것. 몇 피스 잃어버린 기억의 부분
을 다시 맞추는 기분이 든다.

유치원 때 가족들과 다 같이 제주도 여행을 가서, 박물관에
서 팔던 열쇠고리를 샀다. 돌고래 모양의 플라스틱 틀 안에
물과 반짝거리는 가루가 잔뜩 들어 있는 열쇠고리였는데, 나
중에 커서 생각이 나 방을 온통 뒤져보았는데도 찾지 못한 거
다. 유치원생 때의 내가 잃어버렸나보다, 생각했지만 침대 밑에
서 그 보라색 돌고래가 나왔다.

침대 밑에는 어렸을 때 할머니가 용돈을 주시면서 봉투에
적어주신 쪽지가 있었고, 초등학생 때 친구들이 집에 오면 매
번 내게 달라고 했지만 한 번도 준 적이 없는, 손에 꼭 들어가
는 귀여운 햄스터 인형이 있었다. 몇 년 전 친한 언니와 함께
놀이공원에 가서 찍었던 폴라로이드 사진이 있었고, 친구랑
잔뜩 싸운 날 주려다 글이 마음에 들지 않아 버리고 다시 쓴
손편지의 버린 부분이 있었다. 오랜만에 마주한 것들인데도
보자마자 그것들에게 무슨 이야기가 있었는지 기억이 난다.
추억을 복원하는 일은 그렇다.

카페를 처분하던 날

  기분이 너무 서운해. 친구의 가족이 운영하는 카페를 처분
하던 날 너는 내게 말했다. 그 공간은 너에게 새벽 친구가 되
어 주었고, 때로는 작업실이 되어 주었고, 또 때로는 친구들을
모을 구실을 제공해 주기도 했다. 너의 전부는 아니었겠지만,
너의 오랜 순간을 함께 했을 테다.

  나도 정을 쉽게 주고 또 잘 떼지 못하는 성격이라서. 그 이
상하게도 허전한 마음을 안다. 그래서 네가 오늘 마지막 커피
를 내릴 때 분명 눈물이 날 수밖에 없었겠다 싶었다. 더 이상
쓰지 못할 커피포트를 괜히 만지작거리면서 무슨 생각을 했
니. 새로운 주인을 만나 잘 지내라는 인사를 했니. 혹은 고마
웠다는 말을 했니.

  누군가는 카페 하나 문 닫는 거에 왜 그렇게 대수냐고 말할
수도 있겠지만, 공간과 친구가 되어 버리면 그곳은 인격체 그

이상임을 나는 안다. 그는 힘들어 찾아갔을 때 안아줄 줄 안
다. 기억이 희미해졌을 때 되짚어 줄 줄 안다.

내가 제일 좋아하던 우리 동네 카페도 그랬다. 많은 것들을
두고 왔는데 이내 사라져버려서, 발걸음을 떼지 못하고 엉엉
울었던 기억. 아주 소중한 걸 잃는 건 아주 아픈 일이지.

그래서 애착 가는 공간들이 사라질 때 그렇게도 아쉬운가
보다. 추억할 방법을 하나 잃은 셈이라서. 위로받을 수 있는 방
식 하나를 뺏어간 기분이라서.

좋은 여름 되세요

아침에 일어나면 먼저 사무적으로 온 이메일들을 읽는다. 주로 그 안에는 아주 사무적이고 형식적 인사로 시작해서, 사무적인 내용이 담겨 있다. 어쨌든 모두 나를 찾아와 준 손님인 셈이니 그 메일들이 반갑지 않다는 것은 아니지만, 그렇다고 딱히 친밀감이라든지 유대감이라든지 하는 것들을 느낄만한 것도 아니다. 그냥 흘러가는 일상 속의 한 페이지 정도.

일어나자마자 받은 이메일을 읽다, 형식적인 말뿐이던 메일 속 마지막 문장을 보고 벙 찐 것처럼 바라보고만 있었다. 좋은 여름 되세요. 그 사람은 내게 그런 인사를 했다.

좋은 하루가 되라는 말은 많이 들었다. 나도 그 말을 종종 쓰곤 한다. 하루를 잘 마무리하라는 말도 쓴다. 그 말을 듣고 정말 하루를 잘 마무리 하고 싶어졌다는 친구의 말을 들은 뒤로는 좀 더 의식하며 쓰게 되었다.

좋은 여름이 되라는 말을 받고는, 이번 여름을 내가 정말 즐겁게 잘 보내야 할 것 같은 기분이 드는 거다. 매번 찾아오는 여름이지만 무언가 조금 다른 여름이 될 수도 있을 것 같다는 기대감도 같이.

메일이 아니라 정말로 한 장의 편지를 받은 기분이었다. 자그마한 압화를 꼼꼼하게 붙여둔 편지지에 담은 글처럼. 당신의 인사말은 하루가 아닌 한 철을 의미 있게 했다. 6월의 어느 언저리에서 들을 수 있는, 가장 낭만적인 인사.

너는 이제 조금 멀리 산다

곰곰이 생각해 보니 나는 정말 동네 친구가 한 명도 없다는 사실을 깨달았다. 정확히 말하면 동네에 사는 친구들은 있지만, 심심할 때, 술 한잔하고 싶을 때, 일하러 혼자 카페에 가기 싫을 때 불러낼 친구가 없는 것이다.

내 인생에서 가장 편하다고 자부할 수 있는 내 친구는, 중학교 때까지만 우리 아파트에 살고는 이사를 갔다. 친구는 아주 먼 거리는 아니지만, 한 번의 환승을 해야 하고, 내려서 버스를 타고 몇 분을 더 가야 하는 곳에 살고 있다.

오랜만에 친구가 우리 동네 카페로 놀러 왔다. 일을 하는 내 옆에서 과제를 하기로 한 것이다. 친구는 이번 주부터 새로운 오후 알바를 시작했다. 주말 저녁 알바 정도로는 쓸 돈이 턱없이 부족해서다. 일이 끝나자마자 달려와서는, 아이스크림 푸는 일이 너무 고되다며 푸념을 늘어놓았다. 중학교 때의 우린 이렇게 알바를 하고 있을 거라고는 생각하지도 못했는데.

어른이 되었다고는 잘 생각하지 못하지만-사실 이제 막 스무 살이 되어 버린 내가 무슨 어른은 어른이냐 마는-학창 시절의 친구들을 만나면 정말 내가 성인이라는 사실을 잊어버리는 기분이 든다. 만나면 맨날 하는 옛날이야기는 백번 천번을 우려먹어도 재밌고, 너는 대학 동기들에게는 하지 못하는 솔직한 이야기를 내게 해준다. 그럼 나도 너에게만 해줄 수 있는 이야기를 꺼내게 되는 거다.

카페 영업시간까지 앉아있다 나와서 너는 어디에 갈 거냐고 물었다. 집에 갈 거긴 한데, 좀만 이야기하다 갈까? 응 그러고 싶어서. 우리는 원래 너와 내가 살던, 이제는 나 혼자 사는 아파트 벤치에 앉아 이야기를 했다. 예전엔 여기에서 탄산음료를 하나씩 마시거나 배달음식을 주문해 먹고는 했는데. 오늘은 맥주 한 캔과 안주로 먹을 과자를 샀다.

이사 오고 싶다. 왜? 네가 있잖아. 시원한 캔 맥주 한 모금 마시기 딱 좋은 날씨에 너와 있었다. 나도 자주 갈게. 그렇게 멀지도 않으면서 멀다고 느낀 너희 동네에. 무언가 동네 친구가 필요한, 그런 무료한 날에.

힘들다는 말보다

직설적으로 힘들다는 말을 뱉는 것보다 더 효과적인 말들이 있다. 가령, 언니에게는 풀지 못할 고민이 생기면 저녁 산책을 하자고 먼저 연락을 하는 거다. 그럼 언니는 퇴근하고 우리집 근처로 오는데, 동네 몇 바퀴를 돌면서 이런저런 이야기를 하곤 한다. 기분이 나쁘지만, 이 정도에 내가 나빠해도 되는 건가 싶은 애매한 이야기를 들었을 때, 그건 충분히 너한테 상처가 될 수 있는 이야기였어, 하고 위로를 해 준다든지. 후회되는 일들이 많아 쓰라리던 날, 앞으로 겸허히 살아가면서 많이 베풀면 돼, 하고 충고를 해 준다든지. 그렇게 걷다 다리가 아플 즈음이 되면 그날 동네를 돌았어야 했던 이유는 슬그머니 사라지게 된다.

오빠한테는, 답답하고 기분이 복잡해지면 맥주를 먹자고 연락을 보낸다. 그럼 오빠는 집에 들어올 때 수입 맥주 4캔과 과자 한두 봉지를 들고 온다. 두 캔은 오빠가 좋아하는 브랜드고, 나머지 두 캔은 내가 좋아하는 브랜드다. 열두 시가 넘어 부모님이 다 주무시고 나면, 거실 불을 끄고 내 방에 들어와 둘이 도란도란 맥주를 먹는다. 아주 깊거나 힘든 이야기를 하지는 않지만, 시시콜콜한 근황 이야기를 하며 답답한 기분이 풀리는 것. 그 기분 자체가 위로가 되어주기도 하는 건. 작은 방 안에서 나누던 대화 때문인지, 아니면 시원한 맥주 때문인지 잘 모르겠다.

이제는 하나의 암호가 되어 버린 말들이다. 힘들다는 말은 어감이 꽤나 무거워서, 뱉고 나면 자꾸 상기되는 것 같으니까. 저녁 산책을 하자. 오늘 맥주 한잔하자. 이렇게 말하는 편이 훨씬 가벼우니까.

노래에 담는다

좋아하는 노래들을 몇 곡 모아두고 질리도록 돌려가며 듣
는 걸 좋아한다. 휴대전화로 음악을 들어서 망정이지, 카세트
테이프를 쓰던 시절에 음악을 들었다면 내 테이프는 늘 늘어
지다 못해 끊어지곤 했을 거다.

노래는 때때로 추억을 운반한다. 유난히 어느 시기 속 들었
던 노래들은 다시 그 노래를 듣고 나면 그때의 상황들이 그려
지곤 한다. 그렇게 담긴 것들은 어떠한 사진이나 영상보다도
더 진하게 남아있어, 일부러 기억하고 싶은 순간이 생기면 줄
곧 한 곡만 내내 듣기도 한다. 여행 내내 들었던 그 노래를 재
생할 때마다 작년에 다녀온 미국 여행의 장면들이 환기되듯
이.

그렇지만 담긴 것들이 있는 노래들이기에 선뜻 다시 듣기
두려워질 때도 있었다. 아팠던 시절들의 노래들은 보통 그렇

다. 가령 짝사랑이 끝나고 머리가 지끈거릴 때까지 울던 날 침대 위에 엎어져 듣던 노래라든지, 시험 기간 혼자 독서실에 하루종일 있다가 외로이 밤에 돌아오면서 듣던 앨범이라든지 하는 것들. 알 수 없는 위압감에 쓴 눈물을 삼키며 얼굴을 벅벅 닦고는, 아무렇지 않게 현관문을 열고 집 안에 들어오던 날.

처방약처럼 듣던 노래들을 다시금 들어본다. 가엾은 시간을 기억해내다 이내 단단히 삼켜버렸다. 아팠던 내가 다시금 떠오르고 나면 조금 슬퍼지기는 했지만 그렇다고 지금의 내가 여전히 아픈 것은 아니어서. 이제는 적당히 견딜 만한 정도의 쓴맛이어서. 시간이 많이 흐르고 난 후 남은 것은 나아진 지금의 나이므로.

요즈음은 또 좋아하는 노래들을 차곡차곡 모았다. 훗날의 내가 다시 이 노래들을 듣는다면 지금을 떠올리게 될 거야. 숱하게 담긴 것들을 추억하고는 지금의 순간들을 그리워하기도, 버텨온 것에 대해 대견해 하기도 하겠지. 모아놓은 오늘의 노래들을 듣는다. 가사 사이사이에 틈을 비집고는 지금을 담는다.

숨을 참는 찰나를 좋아해

찰칵. 셔터를 누르는 순간에는 숨을 참아야 한다. 행여 흔들리면 귀한 필름 한 장을 날릴 수도 있으니까. 숨을 들이쉬고 잠깐 멈춰선 채로 뷰파인더 안을 들여다본다. 작은 네모 안에 내 앞에 놓인 것들을 담는다. 이를테면 오후 다섯 시 해가 뉘엿뉘엿 지는 황금 시간대에 햇볕을 쬐고 있는 길고양이라든지, 길 가다 날 기어코 멈춰서게 만드는 강렬한 간판이라든지. 엉성하지만 직접 만든 삐뚤빼뚤한 크림 케이크 같은 걸 수도 있겠다. 그 숨을 참는 찰나를 좋아해. 친한 사진작가는 그래서 사진을 찍는다고 했다. 들이마신 숨에 아무것도 들리지 않을 때. 앞에 놓인 피사체에만 집중할 때. 그 순간을 좋아한다고 했다.

사람을 찍을 때는 그 사람의 눈을 보게 된다. 그리고 그 사람의 시선도 카메라를 향하게 된다. 렌즈와 눈동자가 마주하는 순간. 다시 한번 숨을 참고 뷰파인더 안으로 눈동자를 본다. 찰나의 시간에 너와 나의 눈이 마주친다. 숨을 참는 순간은 귓속으로 들어오는 소리가 아무것도 없다. 방해 없는 공간음 속에서, 찰칵. 카메라가 내 얼굴을 가려줘서 다행이다. 표정을 잘 못 숨기는 나라서.

잠 대신 다른 걸로 새벽을 채운 날

밤을 새우고 지하철 첫차를 탔다. 4샷을 넘게 넣은 아메리카노와, 깨어있지 말았어야 할 시간에 깨어있는 탓에 유지한 긴 공복은 나를 어지럽고 울렁거리게 만든다. 잠에 들기 어려운데, 한번 휙 잠들고 나면 깨어날 수 없다는 걸 아니까, 좌석에 앉아 어떻게든 이어폰을 꽂고 영상이고 글이고 보면서 버티는 거다.

열차는 내려야 할 곳에 도착했고 나는 울렁이는 채로 자리에서 일어나 내릴 준비를 했다. 열차와 타는 곳 사이의 거리가 약간 넓었다. 그 사이를 바라보고 있으니 빨려 들어갈 것 같다 싶었다. 발 한쪽조차 들어가지 못할 정도인데도 완전히 빠져 버릴 것 같았다.

잠을 자지 않으면 사람은 예민해진다. 어두컴컴한 밤과 새벽을 지나 동이 트면 피폐해지기까지 하다. 잠을 못 자 얼굴은 부어있으면서도, 동시에 밤을 내내 지새운 탓에 핼쑥해졌기도 했다. 긴 공복에 배는 고프면서도 메스꺼움에 뭘 먹고 싶진 않은 상태가 된다. 돌아가 잠에 들고 나면 절대로 짧게 잘 수 없고, 그날의 하루가, 때로는 앞으로의 수면 패턴까지도 망가지게 되는 거다. 그래서 밤을 새우는 걸 원래 좋아하지는 않는데.

그렇지만 오늘 밤을 새야 했던 이유는. 내가 좋아하는 사람들과 또 처음 만난, 내 사람들이 좋아하는 사람들, 그러니까 내게는 좋아하게 될 수밖에 없는 사람들과 모여 밤새 떠들던 어제와 오늘의 경계가 너무 행복해서. 해가 뜨는지도 모르고 대화 주제를 물 흐르듯 옮겨가며 잠시도 빌 틈 없이 공간을 가득 채웠던 소리들이 소중해서. 잠에 들고 나면 잃어버릴 시간이 너무 아까웠거든. 그래서 사실은 밤새울 가치가 있는 날이었어. 잠 대신 다른 것으로 새벽을 채운 날.

우리집에는 홈런볼이 늘 박스째 있다

우리집에는 늘 구석에 홈런볼이 박스째 있다. 엄마의 짓이다. 전쟁을 겪으신 할머니는 음식이 쌓여있지 않으면 불안해지시고는 했는데, 엄마도 그걸 닮은 것인지, 필요한 음식들은 늘 바닥이 나지 않는다. 이건 엄마의 부지런한 성격 때문이기도 하다.

그렇지만 홈런볼이 꼭 필요한 음식은 아닌데. 나는 원래 홈런볼을 좋아하는 건 아니었다, 아니, 원체 과자 자체를 썩 좋아하는 편이 아니었다.

사고가 나서 입원을 한 달 정도 했었다. 병상에 누워 병원 밥을 먹고 있으면, 단 게 자꾸 먹고 싶어지곤 했다. 그건 물론 병문안을 오는 사람마다 다 달콤한 것들을 사 왔기 때문일 수도 있겠다. 워낙 병원 밥이 밍밍하고 맛이 없었던 것도 한몫할 테고.

그때 먹었던 홈런볼이 그렇게 맛있었다. 하루에 한 봉지씩을 먹는 게 할 일없는 병원 안에서 내가 하던 유일한 일상이었다. 그러다가 주변 환자들이 맛있어 보인다면서 홈런볼을 탐내면 엄마는 종종 나눠주시고는 했는데, 내 돈으로 산 것도 아니면서 그게 그렇게 서러운 것이었다.

병원에 누워있으면 매일 같은 천장을 보고 매일 같은 창문을 본다. 난 그 그림이 그렇게도 답답하고 싫어서 매일 집에 가고 싶다며 울었다. 눈물이 많아져서 별것 아닌 일에도 울곤 했는데, 홈런볼을 다른 사람들한테 나눠주던 그 날도 아마 그랬던 것 같다.

이미 퇴원은 한 지 오래고 더 이상 홈런볼을 그때처럼 좋아하는 것도 아닌데. 엄마는 여전히 홈런볼을 집에 박스째 사 두신다. 미안함일까. 그깟 과자 몇 봉지가 난 뭐가 그렇게 서러웠을까. 병원에서부터 굳어진, 하루에 홈런볼 한 봉지를 까는 일. 오늘도 컴퓨터 앞에 앉아 몇 자를 끄적이다 꺼내 먹었다. 초콜릿만 가득한 과자인데 마냥 달지만은 않다.

할머니는 밥 대신 두유를 드시곤 했다

돌아가시기 전 할머니는 밥 대신 두유를 드시곤 했다. 행여나 바닥이 날까 쌓아둘 만큼 많이 사 두었는데, 이내 점점 두유도 드시기 싫다고 하셔서 우리집 부엌 한쪽에는 두유가 많이 남았다.

즐겨 먹는 사람이 집에 없어서, 두유는 잘 없어지지 않는다. 나도 두유를 즐겨 먹는 편은 아니다. 체중 감량할 때 질리도록 마시기도 했고, 특유의 배부른 느낌이 싫어서였다. 다른 음료수가 있으면 굳이 손이 가지 않기도 하고.

오늘 새벽은 목이 말라 잠에서 깼다. 목은 말랐지만 물은 마시기 싫고 음료수 같은 걸 먹고 싶어서. 근데 그 흔한 우유 하나 없어서. 그래서 결국 어두운 부엌을 더듬거리다 두유를 마셨다. 할머니가 남겨 두신 것이다. 빨대 구멍에 빨대를 꽂았다. 인상적인 강한 맛이 나는 건 아니지만 묘한 단맛이 감돈다. 은

은한 두유 맛에서는 할머니 생각이 난다. 집에 갈 때마다 주시던 손바닥만 한 요구르트. 연유에 찍어 드시던 딸기. 배가 부를 때까지 산더미처럼 깎아 주시던 사과랑 배. 아. 이제는 정말 울지 않기로 했는데. 보고 싶은 새벽이다.

어린아이처럼

생전 연예인이라고는 관심도 없었던 우리 엄마는 최근 한 가수에 빠졌다. 사실은 이모가 먼저 관심을 가져 엄마를 소위 말해 '영업' 한 것인데, 매일 그 가수의 사진을 보고, 음악을 듣고. 방송을 챙겨보면서 엄마도 모르는 사이에 빠지고 만 것이다.

나는, 엄마는 평생 연예인 같은 건 안 좋아하는 사람인 줄 알았다. 사랑 표현에 익숙하지 않으시고, 사랑한다는 말도 잘 할 줄 모르시는 분이라서. 애정 표현이 많으시던 아버지와 달리 어렸을 때 난 엄마와 뽀뽀 한 번 해본 기억이 없었는데. 그런데 그렇게 빠져버리신 것을 보면, 내가 아직도 엄마를 잘 모르고 있었나보다 싶다.

큰 인기를 끌었던 트로트 프로그램이 끝나고, 연예인을 이렇게 좋아해 보긴 처음이라는 어머니 아버지들이 쏟아져 나왔다. 친구네 어머니도 그 프로그램을 챙겨보며 친구에게까지 문자 투표를 시켰다고 했다.

나보다 훨씬 나이가 많으신 어른들이, 그렇게 어린아이처럼 누군가를 열렬히 좋아하시는 모습을 보면 무언가 흐뭇한 감정이 드는 것이다. 무언가의 동질감까지 느껴지기도 한다. 나는 연예인에 별로 관심이 있는 사람은 아닌데도 말이다.

나이 들었다고 꼭 점잖은 체를 해야 하는 건 아니라는 것. 각자의 살아가는 방식에는 꽤나 비슷한 부분이 많다는 것. 어린 이가 하는 사랑이 마냥 가볍지 않고, 나이 든 이가 하는 사랑도 불타오를 줄 안다는 것. 사랑에는 세대 차가 없다.

낡고 헤져도 버릴 수 없는

아무리 낡고 헤져도 버릴 수 없는 것들이 있다. 내게는 초등학교 5학년 때 쯤 선물 받은 펭귄 모양 바디필로우가 그렇다. 정확히 말하면 언니가 선물 받았던 인형이긴 하지만, 결국은 내 방으로 몰래 데려와서는 내 잠을 함께했다. 그 인형과 보낸 세월이 꽤나 긴 탓에, 한동안은 무언가를 안고 자지 못하면 잠에 드는 게 힘들곤 했었다.

나는 그 펭귄 인형에게 '펭펭이'라는 이름도 지어주고, 때로는 시험공부를 할 때 나의 학생이 되어주기도 했다. 펑펑 울던 날 꼭 껴안고 울던 탓에 나의 눈물 자국을 함께 남기기도 했고, 유난히 외롭던 날들에 한마디도 할 줄 모르는 너인데도 위로가 되어 주고는 했다.

엄마는, 너무 낡았으니까 이제는 버리자, 하고 매년 이야기 하시지만. 그래도 조금만 더 갖고 있다가 버릴래, 하고 매년 유

예시키는 거다. 사실 펭펭이의 오른팔은 살짝 뜯어져 가끔 솜이 나오기도 하고, 얼굴도 세월을 타 얼룩덜룩해졌지만, 엄마는 이건 빨래를 해서 지워지는 게 아니라며 그냥 버리자고 했지만. 무슨 인형 하나에 정을 그렇게 주냐면서.

우리 참 구질구질하고 망가졌지만 잃을 수 없는 것들이 있잖아. 친구는 돌아가신 할아버지의 장례식장을 다녀온 뒤 할아버지가 예전에 여행가셨을 때 친구에게 사다 주신 캥거루 인형을 안고는 종일 울었다. 언니는 아직도 몇십 년 전에 모았던 세일러문 종이 인형을 버리지 못하고 있고, 엄마는 아직도 내가 어렸을 때 입던 배냇저고리를 고이 모셔두었다. 냉장고에는 아직도 몇 년 전 내가 부모님에게 쓴 미안하다는 말이 담긴 쪽지가 붙어 있다. 이제는 세상을 떠난 네가 내게 남겨준 메모장을 잃어버렸을 때 나는 세상을 잃어버린 것 같았다. 몇 장의 사진으로는 기록하지 못하는, 손에 쥐고 바라볼 때 다가오는 감정들이 있다.

언니의 책

책에 인상적인 문장이 있으면 형광펜으로 줄을 쳐 두며 읽는 우리 언니는, 알록달록한 책을 많이 가지고 있다. 때문에 언니의 책을 빌려 읽으면, 어떤 부분이 언니에게 와 닿았는지, 때로는 옆에 적어둔 메모를 보면서 이 부분에서 어떠한 의구심이 들었는지 등을 알 수 있다. 색깔들을 읽어내고 있으면, 분명 혼자 읽고 있는데도 언니가 옆에서 읽어주는 느낌이 난다.

무언가를 공유한다는 게 기분 좋은 이유는, 함께 있음에서 오는 안정감일까. 언니는 종종 좋은 시가 있으면 나한테 보내주곤 한다. 시를 받은 날은, 그 하루 동안 시를 머금으며 살게 돼서. 유독 그런 날들이 특별해지게 느껴지게끔 한다.

지는 해를 깨우려 노력하지 말거라. 너는 달빛에 더 아름답다. 언니가 보내줬던 서혜진 시인이 쓴 시의 이 구절 때문에 나는 아직도 매일을 버틴다. 이 시를 읽고 있으면, 지금 너의 있는 그대로도 괜찮다고, 내가 미치도록 싫던 어느 날 언니가 해줬던 위로가 생각이 나서. 언니가 시의 화자가 되어 내게 달빛에 더 아름답다 말해주는 것 같아서.

언니는 아마 모를 거다. 큰 의미를 두지 않고 보내준 시에 내가 이렇게 살아가는지. 몇 줄 그어둔 책에 무슨 안정감까지 느끼고 있는지. 결혼하던 날 왜 그렇게 서럽게 울었는지. 어릴 때 써 준 편지를 아직도 하루에 몇 번이고 읽어보는지.

사소한 것들을 사랑한다면

사소하지만 기분 좋은 것들을, 보통은 그냥 지나치고 말지만. 그런 작은 부분 하나를 찾아내어서 좋아한다고 말해본다면 어떨까. 예를 들면 집에 와서 손을 씻는 것. 보일러를 틀고 뜨거운 물이 나올 때까지 기다리는 건 좀 귀찮지만, 뽀득뽀득하게 씻고 나서 젖은 손을 뽀송한 수건에 말리는 게 기분이 좋아.

또. 일어나자마자 선물 받은 커피포트로 에스프레소 한 잔을 내리고는, 거기에 찬물을 부어서 아메리카노로 만든 후에 마시며 하루를 시작하는 거. 물론 커피를 내리는 데 사용한 기구들을 다 설거지한 후에 커피를 마셔야 하긴 하지만.(그러지 않으면 지나가던 엄마가 잔소리할지도 모르니까.) 어쨌든 아침을 먹기 전에 커피를 한 잔 마시면 몸이 채워지는 느낌과 함께 하루를 시작하는 기분이 들어.

별것 아닌 것들을 좋아한다고 말하게 되면, 세상에 사랑하는 것들이 잔뜩 늘어나잖아. 그럼 어제와 오늘이 별반 다를 것 없는 하루들이 잔뜩 늘여져 있더라도, 순간 하나에 사랑을 담을 수가 있을 텐데. 그래서 사소함을 사랑해보기로 했다. 그러다 보면 정녕 언젠가는 사랑하지 않았던 것들도 사랑할 수 있게 되지 않을까 해서.

서로에게 스며든다는 것은

    카페에 가면 무조건 아이스초코를 주문하는 너는 커피는 대체 무슨 맛으로 먹는 거냐며 타박했지만, 내가 주문한 아메리카노를 조금씩 뺏어 마시기 시작하다가 이제는 너도 카페에 가면 아메리카노를 주문한다. 나와 노래 취향이 정반대이던 너는 그런 조용한 노래는 찾아서 들어본 적이 없다고 했지만, 어느 순간 너의 플레이리스트를 봤을 땐 내 것이 아닐까 의심할 정도였다. 딱딱한 말투를 가졌던 그 애는 이제 이모티콘을 잔뜩 섞어 연락을 보낸다. 나는 긴 머리를 좋아한다는 네 이야기를 전해 듣고 단발이었던 내 머리카락에 붙임머리를 했다. 있지. 나는 사실 강아지를 좋아하지 않았다. 네가 매일 보여주는 너희 집 강아지 사진에 차마 좋아하지 않는다 이야기 할 수 없어서. 내가 애완동물을 싫어하면 너와 어울리지 않는 사람이라고 생각할까 봐. 그렇게 매일 네가 보낸 사진을 보고 같이 산책하고 만지고 껴안다 보니 어느새 나는 강아지를 좋아하는 사람이 되었더라고.

무섭게 느껴지기도 한다. 나도 모르는 사이 곳곳에 서로를 스며들게 하거든. 더 많이 변화한 사람이 더 사랑하는 것은 아니겠지만, 나는 너로 인해 꽤 많이 바뀌었다. 너의 일상에도 아직 내가 남아 있니. 우리 정말 완전히 같아질 것만 같던 적도 있었는데. 아직도 카페에 가면 아메리카노를 마시니. 난 아직도 머리가 길고 강아지를 좋아해. 이젠 어쩔 수가 없어.

예상치 않게 시작됐다

우리가 언제부터 친해졌더라, 하고 역사를 거슬러 올라가 보면 정작 그 시초를 기억하는 사람은 몇 없다. 너와 보낸 시간들을 금방 잊어버린 것도 아니고, 너를 만난 사실이 소중하지 않아서도 아닌데. 당최 왜 친해진 건지, 그때가 정확히 언제즈음 되는지 기억하는 게 어려운 이유를 참 모르겠다.

인연은 늘 예상치 않게 시작된다. 몇 번 얼굴 보고 말 사이일 줄 알았던 너와 일주일 내내 만나도 할 말이 넘쳐나는 사이가 될 줄은 누가 알았겠어. 평생을 약속할 것 같았던 그 애랑도 이렇게 한순간에 끝날 줄 누가 알았겠느냐고.

우리는 밤새 사진첩이고 카톡창이고 뒤져보면서 우리의 만남의 계기를 찾아보려 했지만 이내 실패했다. 이 사이 어디 즈음이었던 것 같은데 정말 모르겠다. 약간의 가늠만 할 뿐, 정확하게 무엇 때문에 왜 만났었는지조차 기억이 나지 않더라고.

　그래도 확실하게 기억하는 것이 있어. 집 방향이 같아서 지하철을 타고 계속 떠들다, 괜스레 아쉬운 맘에 내려서 좀 더 이야기하다 가겠느냐 난 물었고 넌 같은 생각이라고 했지. 그렇게 내린 지하철역 근처 카페에서 문을 닫을 때까지 서로의 이야기를 하다가, 결국은 할 얘기가 남아서 카페를 나서 동네를 몇 바퀴 돌다 집에 들어간 기억. 너라는 사람을 모르고 살았으면 어떡했을까 싶을 정도로 네가 소중해지기 시작한 날. 너와 내가 우리라고 느껴지기 시작한 날.

알 수 없는 여름의 냄새에서

아침부터 계속 풍기던 냄새의 정체를 아무도 알 수 없었다. 비가 온 후의 냄새인 것 같지만 어젯밤에 딱히 비가 온 건 아니었고. 휴양지와 펜션의 냄새가 나는 것도 같다가 또 계곡 같은 냄새가 나는 것 같기도 했고. 그치만 서울에서 이런 냄새가 원래 날 수도 있던가. 사실은 이게 여름 냄새인데 너무 오래된 일이라 여름은 너무 오래전 계절이라 그걸 까먹은 게 아닐까 생각했지만 이제 막 5월에 들어선 걸 보면 아직 여름은 아닌 것 같아서.

그래서 저마다 이유를 추측하다가 비슷한 냄새를 가졌던 날들을 추억하게 되는 것이다. 우리 같이 가서 정말 쓰러질 만큼 고생했던 필리핀 봉사의 기억들. 힘들긴 했지만 이야기만 꺼내면 또 가고 싶어지지. 그때 만난 어린아이들의 눈동자만 생각하면 아직도 마음이 뭉클해지는데.

그러다 당장 앞두고 있는 시험들이 마무리되고 나면 작게나마 캠핑이라도 다녀오자는 이야기가 나오다가, 결국은 이번 여름방학에 어디로 떠나고 싶은지까지 흘러오게 된다. 매년 말로만 떠나자 떠나자 하지 말고, 진짜 부산이든 제주도든 가자고. 바다 보고 싶지 않니. 야. 청춘이잖아.

밤사이 결국 비가 내린 것을 보니 아마 그 꿉꿉하던 냄새는 결국 비 오기 전 풍기던 것이었나 보다. 어제의 냄새는 여름새 갔던 제주도의 해안 차도 옆 바다를 떠올렸고, 작은 차에 낑겨 타 운전도 잘 못 하던 내가 겨우겨우 끌고 도착했던 가평의 수영장 딸린 펜션을 떠올렸다. 끝날 것 같지 않은 폭염이 다가오면 결국 흐르다 못해 적셔지는 더위에 완전히 질려버릴 테지만. 아직 완연히 찾아오지 않은 5월의 초여름에서는 자꾸만 기대가 된다. 어떤 여름이 찾아올까, 하고.

잘 지냈냐고 묻기엔 딱히 알고 싶지 않은데

　예상치 못한 곳에서 널 만나고 나면 대체 난 무슨 말을 해야 할까. 잘 지냈냐고 묻기엔 네가 잘 지냈음을 딱히 알고 싶지는 않은데. 그냥 넘어가기에는 서로의 눈을 이미 완전히 마주해 버려서 모른 척하기에는 타이밍을 놓쳤고. 의미 없는 인사를 건넨다면 내 인사에는 정녕 아무런 의미도 들어가지 않게 될까. 그럴 자신은 없는데 말이야.

　그러니까 오늘 내가 널 카페에서 만날 줄 누가 알았겠느냐고. 딱히 너희 집에서 그렇게 가까운 카페도 아닌데. 너와 추억이 담긴 곳도, 아니, 네게서는 일절 언급조차도 없던 곳이었는데. 몇 년이 지났지만, 인연이라는 게 그렇게 쉽게 끊어지는 건 아닌가 봐.

　카페 벽면에 붙어있는 거울로 네 자리를 힐끔힐끔 보고만 있다. 넌 변했다면 변했고, 여전하다면 여전하구나. 이럴 줄 알

았으면 좀만 더 사람같이 하고 올걸. 해야 할 과제를 빠르게
끝내기 위해 온 카페에 꾸미고 오는 사람은 아무도 없으니까.
오늘의 내가 대충 운동복 바지에 집에서 입는 티셔츠를 입고
온 것도 그리 이상한 일은 아니지만. 머리도 감지 않은 채 화
장기조차 없는 내 모습이 조금 밉다. 굳이 잘 보여야 할 필요
는 하나도 없는데도.

　부끄러운 모습을 별로 보여주고 싶지 않아 얼른 집에 들어
간 탓에 과제는 여전히 밀려 있었고. 그렇게 내일 다시 일어나
과제를 하러 하필 어제와 같은 카페에 온 것은 무슨 생각이었
을까. 어제와 같은 느지막한 오후에 또 네가 있었던 건 무슨
의도였을까. 어제보다 한껏 꾸민 내 모습엔 무언가 목적이 있
었나.

다정함을 일깨워주는

다정함을 일깨워주는 것들을 사랑한다고 말해. 주변을 둘러보거나 신경을 쓰는 걸 잘 못하는 내가, 유달리 바라보고만 있어도 챙겨주고 싶어지는 거. 꼭 사람이 아니더라도, 걸어 다니다 만날 수도 있는 길고양이를 위해 주머니에 츄르를 가지고 다닌다든지, 시선이 닿은 곳에 있는 화분을 보고 물을 갈아줄까 생각한다든지.

정은 내게 사랑하는 것들이 스스로를 다정하게 만들어준다고 말했지만, 어쩌면 정은 원래 다정한 사람이 아니었을까 생각했다. 사랑하는 마음은 당연한 것이 아니니까. 지나가는 고양이를 보고도, 집구석 한쪽에 몰아 놓은 화분을 보고도 아무런 생각이 들지 않는 사람들도 많이 있으니까.

다정한 사람이야. 사랑을 주고 있으면서도 받는 것처럼 말하고 있잖아. 정이 가진 그 따뜻함을 배운다. 오늘은 잊고 있었던 우리집 수납장 위 선인장들에게 물을 줬다.

놓고 싶은 것들을 종이배에 담아

A4용지 하나를 꺼내 종이배를 접는다. 다 접은 종이배 위에는 버릴 것들을 담아 두자. 몇 년을 붙잡고 있던 후회되는 기억들도, 다시 기억하고 싶지 않아 잘 꺼내지 않았던 아픈 순간들도 다 담는 거야. 그래 흘러가는 종이배에 더 이상 갖고 있는 게 버거운 것들을 같이 올려두자. 그렇게 흘러가다 종이가 다 젖어 이내 물속으로 가라앉고 나면, 서서히 물과 섞여 희석되며 연해지겠거니. 흐려지고 흐려지다 사라지겠거니 하는 거야. 놓고 싶은 것들을 종이배에 담아 두자. 꾹꾹 눌러 접는 모서리 하나에 해방감을 느낀다. 날 옭아매던 것들에 대해 안녕을 보낸다.

2

그리움도 있고

쓸쓸함도 있고

아쉬움도 있고 그래

구멍과 결핍에 대해

　부족한 부분을 들키고 싶지 않았다. 모난 모습을 보이면 그때의 네가 떠나가면 어쩌지 싶어서. 엉성하게 감춰놓은 작지만 깊은 구멍을 보고 나면 대체 누가 날 좋아하겠어. 어디까지 가야 발이 닿으려나, 싶을 정도로 깊은 구멍이라서. 눈치채기 전에 얼른 도망가 줬으면 해. 너는 그런 마음인 것 같았다. 그래서 자꾸 전부를 주지 않으려고도.

　나는, 그렇게 깊은 구멍이라면, 나의 것들을 차곡차곡 담아나가서. 완연히 메울 수는 없겠지만, 언젠가는 그 구멍 속으로 들어가더라도 금방 디뎌서 나올 수 있도록 해 보면 어때. 하고 말했다.

　나는 너의 결핍을 사랑해. 너는 손으로 애써 구멍을 메우는 일을 멈췄다. 너는 왜 결핍을 미워하지 않느냐 물었다. 나는 대답 대신 내가 가진 구멍들을 보여주었다. 찬찬히 채워나가자.

그리움도 있고 쓸쓸함도 있고 아쉬움도 있고 그래

우린 무엇이든 채울 수 있어. 언제 구멍이 있었냐는 듯 평평해 질 때까지. 나를 덜어 내서 너를 채우고, 또 너를 덜어 내서 날 채운다면.

내가 나를 위로하려면

하루에 한 번씩, 곧바로 행복해질 수 있는 일을 해. 어제는 붕어빵을 사 먹었고, 오늘은 책을 샀어. 그저께는 치킨을 배달해 먹었고.

우울을 앓고 있던 친한 언니는, 누군가에게 기대야만 나아지는 스스로가 싫었다고 했다. 그렇게 기댈 곳들을 중심 없이 찾아다니다가 상처받는 일이 잦아졌다고도. 이제는 그만 부딪히고 싶었다고 했다. 멍든 부분이 너무 많아. 내가 나를 위로할 줄 알게 되면, 그때는 정말 혼자서도 괜찮지 않을까.

그래서, 나를 위해, 내가 스스로 행복해질 만한 것들을 찾기 시작했다. 언니는 이걸 시작한 지 벌써 한 달이 넘어간다고 했다. 그렇게 서서히 나에게 괜찮다고 말하는 법을 알아가고 있다.

작은 하루의 노력들이 모이다 보면 언젠간 정말로 나를 위로할 수도 있겠다 싶었다. 언니는 참 강인한 사람이었다. 허우적거리던 감정 속에서 헤어 나올 수 있는 사람. 구명조끼를 입은 누군가가 건져 올려준 것도, 튜브를 던져준 것도 아니고, 스스로 바닥을 밟아서 일어난 것이다. 끊임없이 물속에서 넘어지느라 몰랐는데 수심은 생각보다도 훨씬 낮았던 거다.

바닥까지 내려갔을 때 숨 막히는 상황 속에서 어떻게 눈을 뜰 수 있었을까. 내가 아는 언니는 아마 감정에 다시 빠질 거다. 다치는 것은 내가 통제할 수 있는 게 아니니까. 그렇지만 또다시 짚고 나올 수 있을 것이다. 도움 없이 스스로 위로하는 법을 배웠으니까. 힘껏 짚은 손바닥에 굳은살이 배기기 시작했으니까.

자전거를 탈 줄 모른다

사실 자전거를 탈 줄 모른다. 주변 사람들한테 이 이야기를 하면, 하나같이 이 나이가 될 때까지 왜 자전거를 배우지 않았냐고 물어본다. 어렸을 때는 무서워서 못 탔고, 자라서는 자전거를 탈 일이 별로 없었고, 그러다가 자동차 면허를 따게 되어 버려서 정말로 자전거와 인연이 사라진 거다.

그렇지만 주변에서 따릉이를 타고 다리를 건넜다느니 한강을 돌았다느니 하는 이야기를 들으면, 내가 알 수 없는 낭만이라 그런지 참 부러워진다. 시원한 바람을 가르며 새벽 한강 변에서 자전거를 타는 일. 그러다 잠시 멈춰서 한강 라면을 끓여 먹고, 동이 틀 때쯤 다시 집으로 출발하는 것. 친구들이 자전거를 탄다는 이야기를 들으면 그 사이에 낄 수 없는 내가 부끄럽기도 했다.

그럼 자전거를 배우지 그래. 엄마는 내가 어렸을 때부터 계

속 자전거를 배우라고 하셨다—정작 엄마는 잘 못 타시는데
도. 언젠간 내가 자전거를 타야 하는 일이 필요하면 어떻게 하
냐고. 아니, 그 전에 자전거를 탈 줄 모르는 사람이 세상에 몇
이나 되냐면서.

미루고 또 미루다 정말 미뤄지니 이제는 도전하기도 무서워
져 버렸다. 주변 사람들은 하나같이 자전거를 잘 타는데, 혼자
전전긍긍하면서 힘겹게 배우고 있을 내가 너무 쪽팔리기도 하
고. 안 그래도 운동신경이 없는 나여서. 예전에 딱 한 번 배워
보려 마음먹고 자전거에 앉았을 때, 내가 생각하는 것보다 자
전거는 훨씬 휘청거렸고, 결국 십 초도 되지 않아 그만두고 내
려온 기억이 있다. 그건 날 자전거에 도전하기 더 무섭게 만들
었다.

피하는 것도 좋지만 가끔은 직면하는 게 중요할 때도 있어.
예전에 내 담임을 맡았던 학교 선생님은 그런 말씀을 하셨다.
그때의 난 그 말을 참 싫어했다. 나를 비겁한 사람으로 만드는
것 같아서. 때로는 피하는 게 방법일 때도 있는 걸 선생님은
모르는 것 같아.

종종 그 말을 왜 하셨을까 곱씹어보다 보니, 선생님은 단단
해지는 방법에 대한 말을 하고 싶으셨던 게 아닐까 생각했다.

때로는 피하는 게 맞을 때도 있지만, 모든 상황에서 회피하는 것만이 답은 아닐 테니까. 부서지지 않은 원석은 보석이 될 수 없으니까.

자전거를 배워 보기로 했다. 어쩌면 무서워서 포기하는 것이 내 버릇이었나 보다. 가끔은 마주하는 법도 알아야겠지. 열심히 넘어지고 무릎에 상처도 내 가면서 자전거를 배우면, 꼭 어스름한 새벽의 한강 변을 달려봐야지. 풀리지 않는 밤에, 낯선 낭만을 빌려봐야지.

과거를 직면하는 일은 너무 떫다

과거의 일들은 샐러드와 비슷할지도 모르겠다는 생각을 했다. 들어가는 재료들이 맛이 있든, 씁쓸하게도 역한 맛을 내든 간에. 모두 아련함이니 추억이니 혹은 청춘이니 하는 드레싱으로 버무려버리는 것이다. 그래서 이내 드레싱 맛으로 그 채소들을 먹어 치워버리는 것이다. 먹기 싫은 채소들도 눈 딱 감고 입안에 넣어 버리면 생각보다 본연의 맛보다는 드레싱 맛만 나기 마련이거든.

돌이켜보니 당시에는 지독하게 춥고 피곤하고 힘들었던 시간들도, 지나고 보면 성장통이니 값진 경험이니 포장하더라고. 그러고 나면 남들에게 자랑스럽게 보여줄 수 있을 만한 그럴듯한 요리가 되곤 하잖아.

그래서 근래의 날들도 얼른 시간이 많이 지났으면 좋겠다 싶었다. 그래서 오늘의 시간도 샐러드로 버무려버릴 수 있는

날들이 되었음 좋겠다. 하하호호 추억으로 떠들 수 있을 정도
로 빨리 시간이 달려주었음 좋겠다. 생채소를 직면하는 일은
너무 떫다.

그리움도 있고 쓸쓸함도 있고 아쉬움도 있고 그래

소통하는 방식

　강아지가 내 앞에서 엎드려서 엉덩이를 치켜들고 기지개를 피면, 이건 사랑한다는 뜻이야. 내가 애 앞에 가서 그렇게 엉덩이를 치켜들고 기지개를 피면, 애도 똑같이 해 주더라고.

　반려견을 키우지 않는 나는, 강아지와 어떻게 소통하는지 잘 모른다. 부끄러운 이야기지만, 언어로 소통할 수 없는 동물들을 어떻게 자세히 이해할 수 있겠냐고 생각하기도 했다. 그런데 이런저런 소통하는 방식에 대한 이야기를 들으면서, 강아지도 사람처럼 다양한 교감을 할 수 있다는 걸 처음 안 거다.

　내가 무엇을 원하는지, 그리고 상대가 무엇을 원하는지. 사랑은 소통이라는 생각을 했다. 말로 하지 않아도 생각하고 있는 걸 맞추는 것. 노골적으로 알려주지 않아도 내 마음을 안다면 그것보다 더 로맨틱한 일이 있을까.

　소통을 하려면 상대를 누구보다 더 잘 이해하고 있어야 한다. 때로는 본인보다도 더 잘 알고 있기도 하다. 모르고 있었는데 사실 나는 달달한 걸 먹지 않으면 화를 잘 내는 타입이었다든지, 알 수 없이 사무치는 외로움이 가득한 새벽녘에 네가 갑작스럽게 찾아와줄 때, 사실 내가 느끼던 외로움은 해소할 수 있었다는 걸 깨닫는다든지.

　말하지 않아도 소통이 가능하다는 것이야말로 진짜 사랑하고 있다는 증거이지 않을까. 누구는 말하지 않으면 어떻게 아냐면서, 알려주지 않고 내 마음을 알아주길 바라는 건 욕심이라는 말을 했지만. 또 누군가는 항상 시선의 끝에 항상 네가 있는데 어떻게 네가 뭘 필요로 하는지, 네가 뭘 생각하고 있는지 모를 수가 있겠냐는 말을 했거든. 아마 소통 안에는 관심이 있는가 보다. 내가 네가 되는 것이 소통하는 것의 시작인가 보다. 너를 이해한다기보다는 너로서 이해한다는 말이 더 맞겠다 싶다.

적당한 마음을 준다는 것은

갈아둔 원두를 한 스푼 퍼서 포터필터—사실 우리집에서는 그냥 손잡이라고 부르는—에 넣었다. 그러고 나서는 울퉁불퉁한 원두의 표면을 평평하게끔 눌러주어야 하는데, 너무 세게 누르면 물이 뭉쳐진 원두를 뚫지 못해서 잘 나오지 못하고, 너무 약하게 누르면 물이 너무 쉽게 흘러 연하고 맛이 없는 커피가 된다.

뭐든지 그 적당히가 중요한 거다. 너무 강해도, 너무 약해도 안 되는 거였다. 나는 무작정 열심히 많이 누르면 좋은 커피가 될 줄 알았다. 꾹꾹 힘을 주어 짓눌렀으니 아주 정성을 가득 담았다고 생각했지만 그렇지 않았다. 커피에게는 원두 입자와 입자 사이 그 빈 공간을 허락해야 했던 거다.

사랑하는 마음이 너무 커서 무작정 많이 쏟아붓기만 하면 괜찮을 줄 알았지만 일방적인 관계에서 결국 남은 건 주어야 한다는 부담감과 갖지 못했단 서운함이었다. 부담감은 결국 미안함으로 바뀌었고 서운함은 원망이 됐다.

이제는 커피를 내릴 때 한 번만 살짝 눌러준 후 추출을 한다. 누구에게나 각자의 빈 공간은 필요한 법이라서. 그 적당한 거리에서 좋은 커피가 나온다는 걸 이제는 안다. 너무 부담스럽지도, 너무 밍밍해 물과 다름없다 느껴지지도 않는, 그런 편안하고 지속적인 커피가 된다.

을지로의 일요일

일요일의 을지로는 거의 가게가 열지 않는다. 그걸 조금 일찍 알았으면 좋았을걸. 사람이 많은 곳이 싫어 홍대도, 강남도 피해 우리가 만난 곳은 을지로였는데. 어쩜 찾아가는 곳마다 영업을 하는 곳이 한 군데도 없었다.

을지로의 가게들은 항상 위치할 수 없을 것만 같은 곳에 있다. 다 쓰러져가는 상가 3층에 먼지 쌓인 문을 열면 갑자기 감성적인 카페가 나오고, 조명하나 없는 어두컴컴한 골목 사이 계단을 올라가면 분위기 있는 바가 나오는 거다.

참 서러운 날이라 생각했다. 가고 싶은 가게들은 모두 5-6층에 있으면서 그 어떠한 건물도 엘리베이터가 없었고, 그렇게 힘들게 찾아간 모든 가게들은 오늘 열지 않거나, 대관해 주어 다른 행사를 진행하고 있거나, 그것도 아니면 문이 굳게 닫혀 전화조차 받으시지 않았다. 가게들이 모여 있는 것도 아니라서, 한 곳 한 곳을 찾아갈 때마다 점점 지쳐가 그냥 지하철을 타고 다른 지역으로 갈까, 까지 이야기하던 참이었다.

정처 없이 돌아다니다 발견한 높고 좁은 상가건물 맨 위층에는 불이 켜져 있었다. 뭐 하는 가게인진 몰라도, 술을 팔든 커피를 팔든, 인쇄를 하든 철공을 하든 뭐라도 마시고 오자. 우린 마지막이라는 생각으로 계단을 올라 가게에 들어갔다.

우리를 본 사장님은 어쩌지, 오늘 장사 안 하는데, 하셨다. 이젠 정말 을지로를 떠나야겠다 싶어 알겠다고 하고 나오려는데, 사장님은 땀에 절어있는 우리를 보시고는 근처 가게들을 몇 번 되짚어 보시다가는 이내 그냥 여기서 쉬어요, 하셨다. 정리를 해야 하니 음식은 못 내어 주지만, 편하게 배달음식 주문해 드시라면서. 그러고는 자기가 마시려던 선물 받은 와인을 꺼내 주셨다.

예쁜 분위기의 작은 바였다. 사장님은 우리와 몇 마디 나누다가, 결국 합석을 하서 같이 이야기도 나눴다. 손님과 이렇게 제대로 앉아서 이야기해본 적은 처음이라고 하셨다. 그건 우리도 마찬가지였다.

밤새 공짜 와인과 샴페인을 꺼내주신 탓에 나는 필름이 끊긴 채로 집에 들어가야 했지만, 다음날 일어나 마법 같은 하

그리움도 있고 쓸쓸함도 있고 아쉬움도 있고 그래

루었어요, 하고 감사 인사를 드렸다. 사장님은 자신도 마찬가지였다고 하시며 또 놀러 오라고 하셨다.

　처음 보는 사람에게 공짜 술과 자리를 내어주는 것. 나보다 세상을 십 년 하고도 조금 더 사셨던 사장님께 베풂을 배웠다. 나도 언젠가는 땀 흘려 얼굴이 빨개진 이름 모를 이에게 베풀 줄 아는 사람이 될 수 있을까. 목이 말라 힘들어하는 사람에게 아껴 놓은 샴페인을 꺼내줄 수 있을까. 그런 어른이 되고 싶다.

여름은 해가 일찍 뜬다

여름은 하루가 참 길다. 대낮인데 왜 이렇게 지하철에 사람이 많을까, 하고 시간을 보니 퇴근 시간이었다. 어둑해질 기미도 보이지 않아 지금을 저녁이라고 부르는 게 어색하게 느껴졌다. 집에 도착해 다른 것들을 한참 하고 있어도 아직 완연히 까맣지가 않다.

새벽 4시 반만 넘어가도 해가 서서히 뜬다. 봐. 오늘도 아직 잠에 들지 못했는데 벌써 하늘이 파랗다. 창문을 닫으면 방이 너무 덥고, 창문을 열면 하늘이 너무 밝다. 내 방엔 에어컨도 없단 말야. 그렇게 빛과 더위와 한참을 씨름하다가 더위와 피곤에 지쳐 쓰러지듯 잠에 들고 마는 것이다.

여름에 흘린 땀들은 청춘이니 추억이니 하는 것들과 섞이면 빛이 난다. 분명 한창 덥고 어지러운 하루들을 보냈던 것 같은데. 여름밤의 기억들은 겨울 즈음의 나를 조작하기 너무 쉽

그리움도 있고 쓸쓸함도 있고 아쉬움도 있고 그래

더라. 빛이 가득하던 필름카메라의 장면들은 다른 계절보다도 더 선명하게 세상을 담았고, 빛 묻은 노을 바다를, 불꽃놀이를, 공원 맥주 한 캔을 어떻게 잊어버리겠어.

해가 일찍 떠서 다행이야. 우울할 틈을 주지 않으니까. 물론 대낮의 내가 항상 괜찮다는 이야기는 아니지만. 더 많은 것들을 꺼내기 전에 밝은 빛을 본 기억들은 눈을 감아버리곤 하니까. 땀 뻘뻘 흘리며 해가 뜨는 걸 보며 부서지지 말라며, 오늘을 살아내자 말하는 노래 한 곡을 한 시간 내내 듣던 오늘도 언젠가는 기억을 하게 될 날이 오겠지. 그래, 또 시간이 많이 지나면 오늘의 감정들은 사라지고 음악과 하늘을 보던 여름날의 나 정도로 남아있을 거야.

골목길의 별

문래동의 골목길에 들어서면 수많은 철공소 사이 뜬금없는 가게들이 있다. 납땜을 하고 있는 아저씨들 사이에 분위기 있는 카페가 있다든지, 쌓여있는 철근들 옆에 숨어있는 술집이 있다든지 하는 것이다. 워낙 시끄럽고 무서운 외관 탓에 선뜻 들어서기를 꺼리지만, 막상 정처 없이 떠돌아다니기 시작하다 보면 의외의 곳에서 단골이 되고 싶은 가게가 생기기도 한다.

밤이 되면 그런 숨은 가게들을 찾기가 조금 수월해지기는 한다. 퇴근하고 셔터를 내린 철공소들과는 달리, 레스토랑이나 술집들은 저녁이 시작이기 때문이다. 어둑어둑해지고 나면 반짝이는 조명들을 하나둘씩 켜 두어서, 그 불빛을 따라가다 보면 어느새 어딘가에 도착해 있게 된다. 반딧불이를 발견하면 괜히 그 자취를 따라가 보고 싶은 것처럼.

그렇게 목적지 없이 떠돌아다니다 만난 한 가게에 들어갔다.

그리움도 있고 쓸쓸함도 있고 아쉬움도 있고 그래

계단을 오르고 맨 먼저 보인 것은 별 모양 전구였다. 그 조명을 보고는, 어쩌면 나는 그와 닮았다고 생각했다. 별도 아니고 전구도 아닌 것이, 별이 되고 싶어 노력하지만 절대로 그럴 수는 없는.

밤의 철공소들은 낮보다 더 무섭다. 가로등이 자잘하게 있는 것도 아니고, 좁은 골목들 사이에 차가운 철물들이 잔뜩 있으니. 혼자 다니는 걸 좋아하는 나지만 밤의 문래는 그렇게 편안하지만은 않은 거다. 그럴 때는 반짝이는 조명 빛 하나를 따라간다. 너무 멀어 빛을 빌릴 수도 없는 별보다 가까운 조명이 훨씬 필요한 셈이다.

별이 될 수는 없지만, 별만큼 의미할 수 있다면 그렇게 불쌍한 삶은 아니지 않을까. 비록 별의 모양만 닮은 가짜일지 몰라도, 과거에 별을 보며 길을 찾던 사람들처럼 방향 잃은 밤을 함께해 줄 수 있다면야.

가방 안에는 인생이 있다

가방 안에는 인생의 부분이 담겨있다. 각자의 하루가, 생활이, 삶이 담겨 있다. 유치원을 다니는 아이의 어머니는 가방을 보면서 아이의 하루를 추측한다고 했다. 숟가락 통 사이에 욱여넣은 시금치나물을 보면서, 오늘은 싫어하는 반찬이 나왔구나. 잘못 들어간 한 조각 블록에, 세 문제가 틀린 수학 학습지에, 가방 모서리 부분에 묻은 우유에. 너의 오늘은 이렇게 흘러갔구나.

가방 안에는 나름의 이유들이 있다. 진은, 늘 가방에 반짇고리를 들고 다닌다. 반짇고리는커녕 바느질조차 제대로 할 줄 모르는 나는, 참 섬세한 사람이라 생각했다. 그러다가 뜯어진 부분이 생기면 꿰매주고 하는 거다. 훈은, 음악 없인 이동할 수 없다며, 무조건 이어폰을 챙긴다. 삶은 음악이 가미되었을 때 훨씬 낭만적이라면서.

그리움도 있고 쓸쓸함도 있고 아쉬움도 있고 그래

나는 가방에 책을 한 권 넣고 다니기 시작했다. 이동 시간에 핸드폰을 들여다보는 대신에, 책을 읽어야겠다는 생각이 들어서였다. 마음처럼 잘 되지는 않지만, 그래도 책의 무게감을 느끼며 다니다 보면, 한번 펼쳐봐야겠다는 생각이 들기도 해서. 마음먹고 한두 장을 읽어가다 보면 어느새 목적지에 도착해 있을 때. 시간을 조금 더 효율적으로 쓴 기분이 들어 괜히 뿌듯해지곤 하는 거다.

　가방 안에는 여러 흔적들이 있다. 쓰레기통을 찾지 못해 한참을 넣어놓고는 까먹어버린 과자봉지나, 마음에 드는 전시회에서 받은 입장권이나, 기억하려고 가져온 책자. 주려고 마음먹었지만 결국은 전달하지 못한 꽃다발 한 송이와 편지. 맑은 날인데도 엄마가 혹시 모르니 가져가 보라고 한 접이식 우산. 그날은 정말 비가 왔었는데. 가방 안에는 삶이 있다. 각자의 인생이 있다.

2월 29일은 훈의 생일이었다

2월 29일은 훈의 생일이었다. 4년에 한 번씩 오는 너의 진짜 생일을 축하한다고, 기분이 어떠냐고 물었다. 훈은 정말 아무런 생각도 들지 않는 하루였다고 했다. 사실 출생 신고를 해놓은 가짜 생일이 따로 있는데, 그 주민등록증에 적힌 날짜에 축하를 받은 지 너무 오랜 시간이 지나서, 이제는 진짜 생일을 잃어버린 것 같다고 했다. 아니, 그게 진짜인지 잘 모르겠다고도.

태어나지 않은 날에 태어난 것에 대한 축하를 받는 것. 그렇게 진짜로 태어난 날은 슬쩍 넘어가 버리는 것. 분명 태어난 건 오늘이었을 텐데, 생일은 생일의 의미를 상실한 것 같았다.

진짜와 가짜의 경계를 잃어버린 것들이 또 있나, 라는 생각을 하다 보니, 괜찮다는 말도 뭐 비슷한 게 아닐까. 괜찮지 않아도 괜찮다고 말하다 보면 내가 정말 괜찮은 사람인 것 같기도 해서. 내가 괜찮다고 말한다면 듣는 사람을 괜찮게 만들어 줄 수 있으니까. 그렇게 생각하다 보니 문득 너의 생일이 불쌍해졌다.

오늘은. 진짜 너의 생일. 괜찮지 않은 내가 너의 진짜 생일을 축하해. 애써 네가 이야기하지 않으면 아무도 모를 너의 진짜 생일이지만. 그래서 겉치레로 아는 사람들은 너의 가짜 생일이 진짜인 양 알겠지만—애당초 생일을 기억해 줄 만한 이들인지도 모르겠다마는—나도 이야기하지 않으면 내가 괜찮은 줄 알거든. 사실은 내가 괜찮은지 궁금하지 않은 사람들도 태반이거든. 우리 의미가 무색해진 것들끼리 축하하자. 괜찮다는 나의 껍데기 미소와 너의 출생 신고일을 잠시 내려놓고.

보고 싶은 사람이 있냐고 했다

　카페에서 서로의 노트북을 펼치고 마주 보며 앉아 있는 내게, 영은 갑자기 보고 싶은 사람이 있느냐며 물었다. 나는 보고 싶다는 말을 들으면 가장 먼저 생각나는, 세상을 떠난 지 이제 2년이 되어 가는 친구를 당연스레 떠올렸지만, 영은 살아있는 사람 중에도 보고 싶은 사람이 있냐고 했다.

　보고 싶은 사람이라. 바로 생각나지 않는다는 건, 사실은 그렇게 보고 싶지는 않은 걸지도 모르겠지만, 그럼에도 더듬더듬 기억을 되짚어 보니 스쳐 갔지만 문득 그 근황이 궁금해진 사람들이 있었다. 유치원 때에 정말 친했는데, 초등학교 1학년쯤 전학을 가고 난 뒤 소식을 알 수 없는 친구. 어렸을 때 나를 유난히 잘 챙겨주곤 했던 교회 오빠, 나랑 정말 친했던, 어리고 반짝거리시던 초등학교 컴퓨터 선생님.

　혹은 이름도, 심지어는 연락처도 확실하게 있지만, 그럼에도

그리움도 있고 쓸쓸함도 있고 아쉬움도 있고 그래

더 이상 만날 수는 없는 사람들. 중학교 때 좋다고 쫓아다녔지만 한 번을 받아주지 않았던 그 애. 난 아직도 화이트데이날 늦은 밤 네가 왜 집에 데려다준 건지, 들어가기 전 먹으라며 줬던 자그마한 초콜릿 하나의 의미는 아직도 해석하기 어렵지만.

스쳐 가는 사람들을 생각한다. 누군가도 나를 이렇게 어렴풋이 기억해줄까. 오늘의 내가 어떻게 살아가고 있는지 궁금해할까. 그러다가 삶 속에서 간간이 내가 보고 싶을까.

떠나는 것들에 연연하지 않는 법

떠나는 것들에 연연하지 않는 법을 아는 사람이 있다면. 정말 그런 이가 있다면 내게 방법을 알려 주었음 좋겠다. 사랑하는 것들일수록 잃고 싶지 않은데. 어떻게 손에서 놓아주는 법을 알아낸 걸까. 멀어지는 것들에 어떻게 그리 초연할 수 있을까. 혹은 내가 너무 구질구질한 건가.

느껴보았다는 것은, 어쨌든 기억한다는 것. 기억한다는 것은, 잊지 않았다는 것. 영원히 내게 남아있을 것을 어떻게 그리 쉽게 놓아줄 수 있을까. 내가 너무 어리숙한 것에 아주 작은 것들마저 연연하고 있는 것이 아닌가 생각해 본다.

그래 사랑하는 것들이 많다는 것은 제법 아픈 일이다. 그렇지만 눈 감아도 생각나는 것은 나의 의지가 아닌 것을. 그러게. 사랑은 능동이 아니더라고. 내가 사랑하는 것들은 모조리 사라질 수 있는 것들이어서. 떠날 것만 생각하며 불안하게 사

랑한다면 어떤 사랑도 고통이 되겠지만. 사랑하지 않는 법도
떠나감에 연연하지 않는 법도 난 알고 있는 게 아무것도 없다.

원이가 세상을 떠난 지 1주기가 되는 날이다. 나는 딴 지 몇 달 되지 않은 면허로 납골당에 갔다. 내비게이션을 보는 게 아직 서툴러서, 몇 번이고 길을 헤매다 겨우 도착했다. 납골당을 가는 길은 처음에는 고속도로였다가, 이내 낮은 식당들이 들어선 길들을 지나치고는 자갈이 듬성듬성 섞여 있는 모래 위를 달려야 했다. 창문을 열어 보니 시골 냄새가 난다.

참 한적한 동네다. 네가 꽤나 외로웠을 것만 같다. 도착해서 주차를 하고는 원이의 자리로 가서 꽃을 달아준 후 원이의 어머니에게 짧은 문자를 남겼다. 다른 친구들은 오늘 시험을 봐야 해서 저 혼자 왔어요. 어머니 혹시 저 기억하세요?

알지. 너 집에 오던 날 원이가 들떠서 잉크를 툭 쳐버리는 바람에 침대고 이불이고 쏟아졌었잖니. 그 때는 정말 집안이 난리가 됐었는데.

그리움도 있고 씁쓸함도 있고 아쉬움도 있고 그래

어머니는 나보다도 훨씬 그날을 자세하게 기억하고 계셨다. 마치 며칠 전인 것 마냥. 일 년이 훨씬 넘은 일이었는데. 어머니는 아직도 그 일 년 전에 머물러 살고 계셨다.

너 참 야속하다. 널 기억하고 또 기다리는 사람들이 세상에 이렇게 많은데. 왜 그렇게 한 마디의 언질도 없이 떠나버렸어. 우린 아직도 이유를 모른 채로 널 그리워해. 그걸 대체 누가 알려주겠어.

야. 나는 네가 죽을 만큼 보고 싶다. 널 사랑하는 사람들은 아직도 네가 있었던 시간에 살아. 일 년이나 지났는데도 난 아직 네가 동시대에 살고 있는 것 같아. 태어난 날 말고도 기억해야 하는 날이 있다는 게 믿어지지가 않아. 어디서 갑자기 나타나서 오랜만이라고 머쓱한 인사를 건넬 것 같아.

꾸역꾸역 살아간다고 느껴질 때가 있다

'꾸역꾸역'이라는 단어에 대한 연민이 있다. 그 단어를 들으면, 별안간 가족들과 밥을 먹을 때 다 먹은 식구들이 자리를 하나둘씩 뜨고, 혼자 남은 엄마가 잔반을 다 몰아서 억지로 욱여넣으며 드시는 모습이 생각이 나는 거다.

유난히 바빴던 날 밥을 먹을 시간조차도 없어, 20분 뒤에 오는 버스를 기다리며 샌드위치를 하나 사고는, 생각보다 일찍 온 버스에 입에 한가득 샌드위치를 구겨 넣었던 날. 커피는커녕 물도 없는 탓에 목이 막히는데도 어떻게든 계속 씹어 넘겼었는데. 결국 버스에 타 있는 내내 체해서 소화해 넘기느라 애를 먹었었다. 그날도 참 꾸역꾸역 이라는 단어가 생각이 나더라다.

삶은 종종 꾸역꾸역 살아가고 있다는 느낌을 받을 때가 있다. 살고 있다는 느낌보다 그저 하루하루를 살아내는 느낌이 더 강하던 때. 해야 할 일이 쌓여버려서 도무지 어디서부터 시작해야 할지 모르겠을 때. 혹은 해야 할 일이 아무것도 없어서 오늘의 내가 존재함이 너무 무의미한 일 같다는 생각이 들때. 아침부터 저녁까지 시간을 보내는 것만으로 고생했다는 말이 아깝지 않던 날들. 그건 단순히 하고 싶지 않은 일을 하고 있기 때문은 아니기도 했다. 때로는 좋아하는 일을 하고 있는데도 꾸역꾸역 살아간다는 느낌이 들기 때문이다. 체할 것 같을 만큼.

나는 우리네 삶이 다만 촉촉하게 흘러가길 바란다. 삶이 부담스러워지면 게워내고 싶어진다. 토해낸 것들은 다시 삼킬 수도 없지만, 그 자체로도 의미를 잃어버리기에. 그렇지만 토하고 싶은 것들을 속 안에서 어떻게든 삼켜버리는 것이 얼마나 고통스러운지도 알기에. 그러니까 빽빽하기만 하지 말고 조금은 흘러가기도 했으면 좋겠다. 소화할 수 있는 만큼만 삼켜도 되는 삶이 되었음 좋겠다.

비눗방울을 잡고 싶었다

길을 걷다 마주치는 비눗방울은 아주 갑작스럽다. 아빠와 함께 산책을 나온 어린아이가 분 것일 때도 있고, 추억을 쌓으려 교복을 입고 나온 학생들이 사진을 찍기 위해 분 것일 때도 있다.

바람이 불어 눈앞까지 비눗방울이 다가오면 무의식적으로 손가락을 꺼내 톡, 하고 깨뜨린다. 아이의 아버지는 다가와 죄송하다며 인사하시지만, 아유, 별것도 아닌데요, 하고 괜찮음의 미소를 건네었다. 생각해 보니 비눗방울을 본 것도 정말 오랜만이었다.

예전엔 화장실에 있는 욕조에서 목욕을 하는 걸 정말 좋아했는데. 비누로 잔뜩 손을 비빈 다음에 동그랗게 모아서 불면 정말로 비눗방울이 생기곤 했다. 욕실에서 이런저런 놀이를 하며 씻느라, 한 시간 넘게 욕조 안에 있다가 나오고 나면 손

그리움도 있고 쓸쓸함도 있고 아쉬움도 있고 그래

가락과 발가락은 모두 쪼그라들었더란다.

그 시절 즈음에는 교회 앞에서 만져지는 비눗방울을 팔기
도 했었는데. 빨대 끝에 본드 같은 걸 묻힌 다음에 불면, 찐득
거리는 비눗방울이 만들어졌었다. 교회 언니 오빠들이 그걸
불고 있는 게 부러워서, 나도 문방구에 가서 사와 친구들이랑
같이 만들고는 했다. 나중에 생각이 나서 사려고 했을 때는
거기에 발암물질 같은 게 들어 있어서 이제는 판매를 중단한
다는 이야기를 들었다.

비눗방울을 톡 건드려 보는 건, 만져지는 비눗방울을 만들
어 냈던 건. 잡힐 것 같은데도 잡히지 않은 비눗방울을 어떻
게든 잡고자 했던 사람들의 발악 같은 게 아니었을까. 우리도
잡고 싶은 것들이 많지만 그중에 정작 잡히는 것들은 몇 없지.
비눗방울을 부는 것만으로도 시간을 즐겁게 보낼 수 있었던
나의 어린 시절 같은 거. 비눗방울 위에 볼록하게 비치는 내
모습은 나도 모르는 사이에 언제 이렇게 컸나. 어른인 것 같지
도 않은데 벌써 어른이 됐어.

네가 아픈 건 정신력이 부족해서야

체력도 건강도 그다지 좋지 않은 나는 학창 시절 조퇴와 지각이 잦았다. 몸이 좋지 않아 병원에 들렀다 학교를 갈 것 같다는 말을 하느라, 아마 우리 담임선생님과 제일 많은 문자를 주고받은 사람은 나였을 것이며. 조퇴증을 받으러 가거나 한 교시만 보건실에서 쉬고 와도 되냐 허락을 맡느라, 선생님의 자리가 있는 교무실에 제일 많이 들락날락한 사람도 나였을 것이다.

보건 선생님은 나를 좋아하지 않았다. 아마 멀쩡해 보이는 녀석이 쉬고 싶어서 자꾸 보건실에 오는 것 같다고 생각하셨던 것 같다. 월경통 때문에 배가 아파 조퇴증을 받기 위해 보건실에 갔을 때, 선생님은 진짜 아픈 아이들은 걷지 못해 기어 다닐 정도로 아파한다며 날 다시 돌려보내셨고, 만성 위경련에 약을 챙기지 못해 받으러 갔을 때 네가 이렇게 자주 오면

그리움도 있고 씁쓸함도 있고 아쉬움도 있고 그래

다른 아픈 친구들은 언제 챙겨줘야 하냐는 말씀을 하셨으니까.

교무실의 담임선생님 옆자리에 앉은 국어 선생님도 날 좋아하지 않았다. 선생님은 내게 너무 자주 오는 것 아니냐며 핀잔을 주시고는 했다. 어지럼증이 너무 심해 조퇴를 해야겠다는 생각이 들던 날. 자리에 없으신 담임선생님을 기다리는 도중에도 옆자리 선생님은 내게 말을 거셨다. 네가 아픈 건 다 정신력이 부족해서야. 조금만 아파도 조퇴시켜달라고 오면 학교는 대체 누가 다니니?

선생님 말씀이 맞다. 정말 참으면 버틸 수도 있었다. 쓰러져 정신을 잃을 정도는 아니었으니까. 끊임없이 정신을 차리려 애쓰고 앉아있으면 수업 종이 울릴 수도 있었겠지. 그런데 죽을 만큼 아프지 않아도 조퇴를 하려는 내가 이상한 건지, 열이 나고 식은땀이 나도 어떻게든 버티는 것을 대단하다 칭찬하는 학교가 이상한 건지. 헷갈리는 것은 아마 내가 정신력이 부족한 탓인가 보다.

거창하지 않아도 낭만

꿈꾸는 것들에 대해 이야기해본다. 작은 풀꽃을 엮어 연인과 함께 반지를 만들어 나누어 끼는 것. 집 안에 벽난로를 만들어서 마시멜로우를 구워 먹는 것. 그 난로 앞에 앉아 가족들과 도란도란 이야기를 나누고는, 근사한 저녁을 함께 준비하는 것. 날씨 좋은 날 새벽에 차를 끌고 친구들과 한강으로 드라이브를 나가는 것. 사랑하는 사람과 같은 잠옷을 입고 늦은 아침에 깨어나는 것. 대충 씻고 함께 장을 보러 가는 것.

우리가 낭만을 말할 때 그중 거창한 것은 아무것도 없었다. 일상 속에서 닿을 것 같지만 닿지 못하는 것들. 애초에 닿지 못할 것들은 굳이 바랄 이유가 없으니까. 그래서인지 낭만은 소박함에서부터 피어오르는 것들이 많았다.

누군가는 이런 걸 보고 왜 야망을 갖지 못하냐며 비웃기도 했다. 오르지 못할 산은 쳐다보지도 못하는 거냐면서. 그렇지만 난 이런 작고 수수한 희망이 좋다. 누구에게나 오르고 싶은 산은 다 다른 거잖아. 어쩌면, 산을 오르고 싶지 않을지도 모르지.

그래서 다들 버킷리스트니 투두리스트니 하는 것들을 적나 보다. 산을 오를 틈도 없이 지쳐만 가는 삶 속에서 저마다의 낭만을 만들어 가는 일. 그래 그걸 하나하나씩 이뤄나가는 것도 낭만이겠다.

바닥의 얼룩

아스팔트 바닥에 얼룩이 져 있다. 얼룩들의 모양은 제각각이다. 그것들은 때로는 무언가를 의미하는 것처럼 보이기도 한다. 마치 누군가가 일부러 그려놓았다는 듯이. 오래된 자국들은 색이 옅고 얼마 되지 않은 것들은 존재감을 강하게 표출하는 듯 짙다. 결국에는 옅어지다 또 옅어지다 사라질 수 있는 것일까. 아니면 변색하여버린 바닥은 다시 돌이킬 수 없게 될까.

알록달록한 바닥을 한참이고 바라보았다. 그렇게 시선을 바닥에 머물러 두었다가, 다시 앞으로 시선을 옮기기로 했다. 작은 얼룩 하나에 집중하고 있으면 발걸음을 떼지 못하기 마련이야. 너무 많은 초점을 두지 말자. 그 얼룩이 전체를 집어삼킨 것도 아닌데. 그만 발을 묶어 두어야지. 나아가야지.

그리움도 있고 씁쓸함도 있고 아쉬움도 있고 그래

생각보다 잘 지워지지 않는

오랜만에 본 친한 언니의 팔을 보니 손목에 나비가 그려져 있었다. 타투를 워낙에 즐겨하기에, 또 타투를 하나 한 건가, 하고 생각했다. 그런데 자세히 보니 완전한 그림이라기보다는 옅은 찢어진 자국들이 있었다.

아, 이거. 사실 이게 스티커를 붙인 건데, 생각보다 잘 안 지워지더라고.

그래. 그런 것들이 더러 있지. 생각보다 잘 지워지지 않는 타투 스티커 자국 같은 것들. 몇 년 전 정말 짧은 만남을 했던 네가 남긴 것들.

며칠 보지 못한 짧은 여름 방학 같던 너였지만, 그때 보낸 내 하루하루들이 너무 길고 깊어서. 반짝하던 사랑이었지만 내게는 인생에서 처음 본 별똥별이었거든.

지우려 노력하면 자꾸 붉어지기만 한다던 언니의 푸념을 듣는다. 차라리 신경 쓰지 말고 살아가다 보면 언젠간 저절로 사라저 있더라. 지워보려 애쓰던 그 시간들이 결국 내 마음을 더 따갑게 만들기만 해서, 차라리 나도 그냥 시간이 지나가길 기다려볼까 한다.

신경 쓰지 말고 살아가다 보면 언젠간 잊히겠지. 내게 다가와 살포시 앉은 나비도 언젠간 날아가겠지. 서서히 어떤 그림이었는지 알 수도 없이 뭉툭한 형체만 남다가 이내 사라지겠지.

그리움도 있고 쓸쓸함도 있고 아쉬움도 있고 그래

커피와 맥주를 한 번에 마시는 이유

커피와 맥주를 한 번에 마시는 이유는 뭘까. 몽롱한 기분을 위해서 맥주를 한 캔까지만, 잠에 들면 안 되니까 커피도 마시는 거야. 참 모순적이지. 난 이제 취기가 살짝 올라서 졸린 데도, 카페인이 심장을 자꾸만 뛰게 만들어 잠을 잘 수는 없는 사람이 됐어. 모든 걸 뚫는 창과 모든 걸 막는 방패의 대결이 이런 건가 싶더라고.

어떤 애는 고양이 알레르기가 있는데도 고양이가 키우고 싶대. 그래서 알레르기 약을 먹고, 나오는 기침을 참아가면서 고양이를 키워. 뭘 그렇게까지 하나 싶다가도, 매일같이 자기 고양이 사진을 찍어서 자랑하는 모습을 보면 참 대단하다 싶어.

모순적인 것들이 세상에 너무 많지. 아빠가 매일 밤 술을 마시고 들어와 집안을 시끄럽게 만드는 데도 걔는 아빠를 사랑해. 너무 미워서 눈물이 나고 당장이라도 집을 나가고 싶은데도 미워할 수가 없대.

사랑을 모르겠다고 이야기하는 사람 중에 정말 사랑을 모르는 사람이 있긴 할까. 사실은 그 누구보다도 사랑을 너무 많이 알고 있어서, 너무 지쳐버려서, 차라리 사랑을 알 수 없다고 치부해버리면 적어도 허탈하진 않을 것 같아서. 그래서 그냥 사랑을 모른다 이야기하는 게 아닐까.

아프게 만드는 것들은 주로 그래. 미워 죽겠어도 사랑하게 되더라. 그렇지만 인정까지 하고 싶지는 않았던 거지. 모순은 솔직하지 못하더라고.

자잘히 박힌 조각들은 잘 잊히지 않는다

엉겨 붙은 계란 껍데기를 떼어 낸다. 생각처럼 삶은 계란이 잘 까지지 않아서다. 엄마는 분명 식초를 넣고 삶으면 계란이 잘 까진다고 했는데. 내가 그냥 계란을 까는 데에 소질이 없는 건가. 그렇지 않고서야 이렇게 자잘한 가루들이 박혀있을 리가 없는데.

잘 떼어지지 않는 껍데기는 흐르는 물에 씻어 먹어야 한다. 계란을 먹다가 무언가 바삭한 것이 씹히면 그때부터는 계속 노심초사하면서 먹어야 할 테니까. 사실 작은 계란 껍데기 몇 조각 먹는 게 그렇게 큰일은 아니다마는.

책상 모서리에 툭, 하고 친 후에 큰 조각들을 떼어 내고는 자잘하게 엉겨 붙은 것들을 하나하나 골라 떼어내는 일. 계란 껍데기를 까는 건 무언가를 잊어버리는 방식과 비슷하다는 생각을 했다.

큰 덩이들은 금방 잊힌다. 우리는 큰 조각들을 떼어 내기 위해서 계란을 까는 거니까. 그 큰 조각에 소속되지 못한 자잘한 것들이 남아 있는 것이고 그걸 떼어 내는 일이 아주 번거롭고 귀찮은 거니까. 사실은 그냥 내버려 둘까 싶지만 그럴 수는 없으니까.

그러니까 큰 덩이들을 다 떼어내고 나면 계란 껍데기를 다 깠구나 싶어 입안에 넣었는데 씹히는 것들이 있을 때. 잊은 줄 알았던 것들이 나도 모르는 사이에 자잘한 부분에 잊지 못했던 것들이 있을 때. 다 잊어야 하는 건 아니다마는 작은 부스러기들이 치아 사이사이에 끼어서 날 귀찮게 만들 수도 있잖아. 하루 종일 혓바닥을 굴려 가며 널 빼어내는 일에 온 정신을 써야 할 수도 있으니까.

그리움도 있고 쓸쓸함도 있고 아쉬움도 있고 그래

큰 사람이 된다는 것

할아버지는 아버지한테 이렇게 말했다. 작은 일에 연연하면 큰 사람이 될 수 없다고. 나는 말한다. 굳이 큰 사람까지 되어야 하나요.

아버지 죄송합니다. 저는 큰 사람이 되기에는 틀렸나 봅니다. 선물로 받아온 금붕어 두 마리가 더 이상 헤엄을 치지 않았을 때도 눈물을 흘렸고, 신혼집이 우리집 근처에 있어 어차피 자주 볼 수 있는 친언니의 결혼식에서도 혼자서 펑펑 울었습니다. 강인하게 혼자서 세상을 이겨내기에 저는 눈물이 너무나도 헤픈 사람인가 봅니다.

큰 사람이 되기에는 그릇이 너무나도 작아 많은 것을 담기에는 흘러넘치고도 남습니다. 어쩌면 바닷물 속에 빠진 물컵처럼, 내가 담는 것이 아니라 그들에게 내가 담겼다고 표현하는 것이 더 적합할지도 모르겠습니다.

저는 위인이 될 만한 사람은 아닌가 봅니다. 누군가의 본보기가 되어 줄 자신도, 기록에 남을 만한 업적을 남길 힘도 부족하기만 합니다.

아버지 저는 그냥 작은 사람으로 살아가렵니다. 혹자는 나무를 보지 말고 숲을 보라고 한다마는 저는 숲을 품을 만한 사람이 못 되어 나뭇잎 위 달팽이 하나, 잡초들 사이에 숨은 도토리를 줍는 다람쥐 하나에 연연하렵니다. 빽빽한 나무들이 나뭇가지를 엉키고 하늘을 막은 나뭇잎들 사이 간신히 들어온 그 몇 줄기의 빛에도 환하게 반겨줄 수 있는 그런 사람으로 살아가렵니다.

과거의 내가 너무 못나서 괴로우면

과거의 일들이 날 옭아맬 때가 있다. 지금보다 어린 시절의 내가 너무 부끄러워서, 잔뜩 감추고 숨기고 싶을 만큼 쪽팔려서 그냥 앞으로의 나는 어떻게 살아가야 하지 싶은 거다. 내가 뱉었던 말들이, 내 행동들이, 혹은 내가 하던 생각들이 지금 돌이켜보면 너무 어리고 모난 부분투성이인 거다.

오랜만에 일기를 읽다가 그런 생각을 했다. 몇 년 전의 나는 아주 자만심에 빠진 바보였다. 자기 잘난 맛에 살았고, 겸손할 줄을 몰랐다. 주변에 있어준 나의 사람들이 귀하다는 것을 몰랐으며, 그래서 많은 사람을 잃었고, 나보다 잘난 사람은 그저 단점을 찾아내기에 급급했다. 그때의 나는 분명 은연중에 많은 사람들에게 상처를 주고 살았겠구나.

친구에게 물었다. 과거의 내가 너무 못나서 괴로우면 앞으로의 나는 어떻게 살아야 하지.

친구는, 멀쩡한 과거를 가진 사람은 아무도 없어. 네가 이렇게 바르게 자란 것도 네가 싫어하는 너의 그 과거 덕분이야, 라고 했다.

그 이야기를 듣고 내가 정말로 바르게 자랐다고 생각하지는 않았지만, 적어도 과거의 내 행동에 부끄러워할 줄은 아는 사람이 되었구나. 어딘가에라도 숨고 싶어질 만큼 반성하는 사람이 되었구나. 어쨌든, 그때의 나보다는 조금 자라왔구나 싶었다.

부끄럽고 예쁜 구석 하나 없는 예전의 나도 사랑하기로 했다. 이제 후회는 그만해야지. 그때의 어리석음이 지금의 나를 형성했으니까. 그래 삶은 스스로를 키워나가는 과정인가 봐. 나를 완성해나가는 여정인가 봐.

그리움도 있고 쓸쓸함도 있고 아쉬움도 있고 그래

순간은 붙잡을 수 없기에 의미 있다

모든 순간은 붙잡을 수 없기에 의미 있다. 아무렇지 않게 지나간 시간들도 되돌릴 수 없는 것은 매한가지이므로. 아무것도 모르던 어린 날들을 그리워하는 이유도 아마 그런 것 때문인 것 같다. 미래를 기대하기보다는 과거를 그리워하는 경우가더 많더라.

그때만큼 또 행복할 수 있을까. 누릴 수 있는 행복이 모두소진되어서 앞으로는 불행할 일만 남은 게 아닐까. 어제와 오늘의 내가 행복하지 않은 경우 종종 그런 생각을 하게 된다. 영광이라고 하기도 애매하지만 그래도 지금보다는 과거의 영광이 좀 더 그리울 때.

그렇지만 미래가 의미 있는 이유는 마냥 생각하는 대로 흘러가지 않기 때문이겠지. 앞으로 행복할 일이 아무것도 없을것 같아도, 생각보다 행복한 일이 많이 생기기도 한다. 우연히 연락이 끊긴 옛날 친구와 연락이 닿아 못다 한 이야기를 나누게 된다든지, 좋아하는 도넛 가게가 갑자기 할인 행사를 한다든지. 좋아하지만 멀어서 잘 가지 못했던 프랜차이즈 패스트푸드점이 우리집 근처에 생긴다는 소식을 듣는다든지.

과거에 마냥 머물러있지도, 미래가 행복하지 않을 거라고 단언하지도 않기로 했다. 그냥 그 순간과 순간에서 의미를 찾는 거다. 붙잡을 수는 없지만, 붙잡을 필요도 없게끔 만들면 되는 거다. 과거의 내가 부러워할 만큼 멋진 미래를 또 만들어내면 되는 것이고, 또는 그렇지 않더라도 언젠간 다시 돌아오지 않을 지금을 의미 있게 여기면 되는 것이다. 순간이 모여서 한 권의 삶을 만들고 나면, 돌이켜 보았을 때 모든 순간이 의미 있을 테니까.

그리움도 있고 쓸쓸함도 있고 아쉬움도 있고 그래

3

솔직히 말하면

울고 싶고

더 솔직히 말하면

죽고 싶었다

안녕하세요

안녕하냐는 인사말에는 질문이 담겼다. 오랜만에 본 네가 여전히 평화로이 잘 지내고 있냐는 물음이겠다. 어젯밤의 네가 잠에서 깨지 않고 잘 잤는지. 울적한 새벽에 빠져 허우적대느라 밤을 새운 건 아닌지. 아침에 일어나고 씻는 중에 어딘가에 부딪히거나 혹은 왈칵 울지는 않았는지. 그러니까 오늘의 네가 안녕치 못하지는 않은지. 그래 걱정된다는 말이다. 그렇지만 마음이 쓰인다는 걸 꺼내고 싶지는 않다는 말이다. 그래서 사랑한다는 말이 가진 온갖 부스러기들을 한데 모아 대신 안녕하냐는 말을 했다.

솔직히 말하면 울고 싶고 더 솔직히 말하면 죽고 싶었다

눈을 감는다고 잠이 오는 건 아니더라고

알 수 없는 불안함 같은 게 마구 숨통을 옥죄면, 빨리 잠이 오게 해 달라고 기도한다. 곧 사라질 감정이야. 새벽이 만들어 낸 가짜 우울 같은 거야. 해가 뜨면 잠에 드는 고약한 버릇은 좀 고쳐야 할 텐데. 벌써 하늘이 파랗기 시작하네. 그러게 오늘은 커피를 왜 두 잔이나 먹었지. 맥주라도 한 캔 마시고 자야 하나. 그렇게 시작했다가 술 없이는 잠에 들지 못하는 사람을 종종 봤는데. 그 애는 스무 살인데도 그렇게 살아. 외로움을 잊고 싶어서 메아리치는 노래 대신 라디오를 틀었다. 새벽 다섯 시에 하는 라디오는 없으니 이 역시도 녹음된 것이기는 하지만— 그래도 누군가가 떠드는 걸 듣는 게 차라리 낫다. 빨리 잠이 오게 해 주세요. 완전히 가라앉는 탓에 눈꺼풀은 중력을 이기지 못하고 있지만. 눈을 감는다고 다 잠이 오는 건 아니더라고. 밤과 아침 사이에 늘 잠이 있는 건 아니더라고.

불공평한 세상

어떻게 사는 게 잘사는 건지 잘 모르겠다. 동화같이 흘러갈 수는 없다는 걸 모르는 건 아니지만, 나쁜 사람들이 더 잘 살고, 착한 사람들이 피해 보는 걸 보면, 정답과 정의는 다르다는 것 정도는 알겠다.

오늘 새벽에는 운전하다 갑작스레 튀어나온 고양이를 칠 뻔했다. 다행히 뒤차가 없어서, 순간적으로 급브레이크를 밟아 고양이가 지나갈 때까지 기다렸다. 자그마한 것이 총총 움직이는 게, 운전석에서는 잘 보이지가 않는다. 세상에 침범한 것은 너희가 아니라 우리일 텐데 정작 위협받는 건 너희라니. 참 불공평한 세상이야.

맞아. 참 불공평한 세상이야. 상처 준 사람들은 정말로 그걸 잊어버리며 사는데 상처받은 사람은 지워지지가 않으니. 그때의 그 사람들은 참 잘 지내는 것처럼 보여. 그게 너무 화가 나지만 더 화가 나는 건 내가 잘 지내고 있지 못해서야.

잘 지내고 싶다. 잘 살진 못해도 적어도 못 살고 싶지는 않
은데. 어딘가가 자꾸 고장이 난다.

고래는 물 밖에서 숨을 쉰다

오늘도 버텨줘서 고맙다는 이야기를 듣고는, 그제야, 내가 살아가고 있는 게 아니라 버티고 있었구나라고 생각했다. 오늘이 버거웠던 이유는 내가 버텨내었기 때문이구나. 그래서 숨을 쉬고 깨어있는 것조차 힘겨웠구나.

지하철에 타면 숨 쉬는 게 너무 힘들 때가 있다. 그 네모난 칸 안에 어떻게 열 수 있는 창문 하나가 없느냐고. 딱 그만한 칸에 꽉 차도록 물이 차 있어서, 잠수 중인 그런 기분. 물에서 올라와 뭍으로 나오고 싶지만, 문이 열리기까지는 숨 쉴 수 없는 그런 기분.

그럴 때는 차라리 내려서 숨을 돌리고 간다. 잠깐 물 밖에 나온 기분이다. 다들 물고기들인지 저 안에서 잘도 헤엄친다. 나는 고래일까. 혼자 아가미 말고 폐로 숨을 쉬는 고래.

다시 새 열차가 오면 타고 가야지. 내가 다시 물에 들어가

등으로 물을 뿜어도 너무 놀라지 말아요. 나도 숨을 쉬는 중이에요. 괜한 눈물이 자꾸 나는 걸 나도 참고 싶은데요.

멀미가 나서 택시를 탔다

멀미를 심하게 하는 편이라 차를 타는 걸 좋아하지는 않는다. 그렇지만 사람과 사람 사이에 블록마냥 끼어있는 게 싫어지하철을 타는 대신 택시를 탔다. 15킬로 가량의 거리였다.

사람과 사람 사이에 치여있으면, 하루종일 사람 때문에 받았던 스트레스가 더 무거워지는 것 같아서. 집에 가는 길은 적어도 숨통이 트였으면 해서. 지하철을 타면 진공 지퍼 백 속에 갇힌 것 같은 기분이 든다. 택시비가 15,200원이 나왔다. 나는 15,200원을 주고 산소 호흡기를 산 셈이다.

택시기사는 고속도로를 미친 듯이 달렸다. 차가 위아래로 흔들리고 나면 불안한 나도 여기저기 흔들리는 것 같았다. 심장이 덜컹거리는 기분이다. 좌우로 흔들리고 나면 마음 줄 곳 없이 방황스러운 내 모습이 더 세게 느껴지곤 했다. 걷잡을 수 없이 심해지는 멀미에 조금만 천천히 가주셨음 했지만 차라리 최대한 빨리 가서 도착하는 게 낫다 싶어 말을 삼켰다.

빈속에 차를 타면 멀미를 더 심하게 한다던데. 유난히 멀미가 심했던 건 텅 빈 속내 때문이었을까. 받은 마음도 줄 수 있는 마음도 없어 택시 뒷자리에 주저앉았다. 정착할 어딘가가 생기면 더 이상 멀미를 하지 않을 수 있을까. 지하철을 타도 사람들과 함께 섞여 움직이고 있는 거라고 의미를 둘 수 있게 될까.

시차를 돌려보려고 했지만 실패했다. 해가 뜨면 잠에서 일어나고 해가 지면 잠에 드는 것이 세상의 이치인데. 정오가 훌쩍 지난 이후에 스멀스멀 침대에서 기어 나와서는 시기적으로는 아침이지만 점심이라고 칭하기도 늦은 시간에 간신히 시리얼을 비벼 먹는 것이다. 이른 시간 잡은 약속이니 병원 예약이니 하는 것들은 잠결에 잠깐 깨서 취소해 버리기 일쑤다.

이래서는 밤을 새운다는 말이 의미가 없다. 누군가에게는 내가 열정적으로 사는 사람처럼 보일지 몰라도, 그 사람들이 열심을 다해 보냈던 아침과 점심의 일상을 그저 새벽으로 옮겨놓은 것뿐이라서. 잠은 왜 자도 자도 졸린 지. 일어난 지 얼마 되지도 않았는데 하품만 연거푸 난다.

새벽 시간을 깨어있는 건 별로 건강하지 못한 일이라고 의사는 그랬다. 감정을 직면하기 너무 좋은 시간이야. 아무것도

솔직히 말하면 울고 싶고 더 솔직히 말하면 죽고 싶었다

준비되지 않은 위태위태한 상태에서.

오늘 새벽은 컵라면을 하나 먹으려고 했다. 달걀이 먹고 싶어서, 컵라면 물 넣자마자 한 개 톡 까 넣으면 같이 익지 않을까, 하고 넣었다가 결국 생달걀과 함께 라면을 먹게 됐다. 끓지도 않은 물인데 그게 익을 거라고 생각한 거니.

내가 참 한심하다는 생각이 드는 건 비릿한 날달걀을 먹어서만은 아닌 것 같은데. 그래서 시차에 맞춰서 사는 게 중요한가 봐. 빛과 함께 일어나고 빛과 함께 잠에 들면 어두워질 틈이 없으니까. 밝은 세상 아래에서만 살 수 있으니까.

그냥 봉지라면을 먹을걸. 라면 하나에도 비참해질 수 있는 새벽인 줄은 몰랐는데.

괜한 꿈을 꿨다

꿈이 현실까지 관여하는 건 너무 잔인한 것 같다. 있을법하지도 않은 이야기들을 늘어놓고는 납득시키니까. 그런데도 꿈속의 나는 그것들이 모두 납득이 되니까. 신기하게도 이해하지 못할 일들이 하나도 없어서, 말도 안 되는 이야기들을 너무나도 당연하게 받아들인다.

오늘 꿈에는 네가 왜 나온 지 당최 모르겠다. 평소에 생각은 커녕, 무얼 하고 사는지 딱히 궁금하지도 않던 너였다. 그렇지만 꿈속에서의 나는 널 오랜만에 보았는데도 잘 지냈냐 묻지 않았다. 반갑다는 인사 대신 당연히 어제도 함께 있었던 것 마냥 시간을 보냈다. 그렇게 꿈에서 깬 난 한참이나 멍 쩌 있었다.

그래 꿈은 너무 잔인하다. 그립지도 않았던 널 괜히 그립게 만드니까. 현실이랑 묘하게 닮아있어 알량한 기대감을 가지게

하니까. 의식하지도 않았던 빈 공간을 꿈으로 잔뜩 넓혀놓고
는 잡을 수도 없게 도망가니까. 허전해진 공간을 오므리듯 부
여잡는다. 그리울 필요도 없던 네가 이제 밉도록 그립다.

흘러갈 거야

그냥 베개에 코를 박고 잠시 엎드려 있기로 했다. 아무것도 보고 싶지 않아서. 차라리 잠시 숨을 멈추고 있는 편이 나아서. 어딘가로 떠나고 싶지만, 그럴 체력은 없고. 아니 사실은 갈 곳도 없기에.

폭. 이불 위에 안기고 나면. 우주에 내가 둥둥 떠 있는 기분이 든다. 텅 빈 공간에 남겨진 나야. 어디에도 머무르지 않지만 어디든 갈 수 있을지도 몰라.

그래서 오늘이 내게 남긴 자괴감과 아픔과 외로움과 그런 것들을 모조리 제쳐두고는. 또 흘러갈 거야. 인생이잖아. 하고 그제야 베개에서부터 얼굴을 떼 내었다. 그래 머무를 리 없는 것이 인생이니까. 닿을 곳 없이 천천히 유영하고 있는 거야. 가만히 있는 것 같아도 조금씩 두둥실 떠다니고 있거든. 나는 몇 시간이고 몇 년이고 땅에 발바닥이 붙어 한 발자국도 움직이지 못할 것 같았던 스스로에게 말했다. 내가 올라서 있는 곳은 땅이 아니라 물 위였다고.

언제쯤 어엿한 어른이 될 수 있을까요

혀를 데었다. 그러게 식당에서 파는 갈비탕은 왜 이렇게 뜨거운지. 갈비탕을 뚝배기에 담아주는 탓에 나중은 좋겠다마는 당장은 입천장이 다 까질 수밖에 없었다. 워낙 성격이 급해서 불어먹는 위인은 또 못 되고.

엄마가 만들어 주시는 갈비탕은 이렇게 뜨겁지는 않은데. 엄마는 끓은 갈비탕이 조금 식고 나면 한 국자씩 퍼주신다. 뚝배기 대신 도자기 그릇에 갈비탕을 담으신다. 엄마의 갈비탕에는 다른 고명대신 갈비가 잔뜩 들어 있다.

혼자 식당에서 앉아 있다가 주문한 갈비탕이 나와서, 밥을 말아 한 숟갈을 뜨고는 결국 찬물을 마셨다. 엄마 세상이 너무 뜨거워요. 별것 아닌 일들에 데이고 상처가 나요.

어리광부리기 싫었는데. 세상에 멋지게 나와 보란 듯이 성공하고 싶었는데. 현실은 혼자 나와서 밥 하나 제대로 먹지 못하는 응석쟁이었다.

언제쯤 당신의 품에서 떠나 어엿한 어른이 될 수 있을까요. 지금의 나는 밖에서 갈비탕을 먹는 일조차 힘겨워하고 있는데. 세상에 나올 준비가 되기 전에 당신이 먼저 떠나버리면 그때의 나는 어떻게 버텨나가야 할까요. 지금은 상상조차 하기 싫은 그런 순간을. 엄마 당신 없는 세상을 감히 살아갈 수 있을까요.

망원역 말고 상수역 방향

합정역에서 내려서 6호선을 타는 게 너무 오랜만이더라. 갈아타는 곳 사이에 있는 빵집의 냄새를 맡는 것도, 거기서 파는 생크림 소보루를 눈으로 한 번씩 훑고 가는 것도 너무 오랜만이더라고.

너희 집과 우리집 중간 즈음에 있는 망원역—사실 우리집이랑 훨씬 가깝지만—에서 만나던 날들도 스쳐 지나가더라고. 늦은 시간 2호선 막차는 있는데 6호선은 없어서 결국에는 택시를 타던. 돈도 많이 없으면서 택시비에 쏟아붓느라 용돈을 다 써 버린 그런 날들 있잖아.

그런데 있지. 오늘은 이태원역으로 갔어. 합정역 다음이 망원역이 아니라 상수역이었단 이야기야. 지겹도록 갔던 너희 집 근처로부터 슬금슬금 더 멀어졌다는 이야기야.

언젠가는 합정역에서 6호선을 갈아탈 때 노선도가 적혀 있는 기둥을 보면서 어느 방향인지 확인해야 할 날이 올 수도 있겠다. 지금은 이태원을 가려면 몸이 기억하는 방향의 반대로 향하면 됐지만. 그래 언젠가는 어디로 가야 다음 역이 합정역인지 헷갈릴 날이 올 수도 있겠더라니까.

새벽은 파랑고 노을은 붉다

　그 애는 그만 상처받고 싶대. 더 이상 흔해 빠진 사랑 고민을 들어주는 데에 진절머리가 나서. 가볍고 무거운 무게는 누가 재는 거냐마는, 가벼운 가십거리만 한 이야기들만 지겹도록 듣는 게 너무 피곤해서. 정작 내가 짊어지고 있는 무거운 돌덩이를 나눠 들어줄 사람은 아무도 없는 것 같아서. 아니, 그걸 감당하게끔 하는 것조차 너무 미안한 일인 것 같아서.

　그래서 이제는 누구한테 가야 할지 모르겠더래. 사람에게는 그만 상처받고 싶은데, 결국 상처를 치료할 수 있는 것도 사람이어서. 그 지겨운 역설이 너무 싫은 거야. 숨고 싶지만 내가 숨었다는 걸 알아줬으면 하는 그런 거 있잖아. 그래서 날 찾아서 어떻게든 끌어와 줬으면 하는 거.

　결국은 하루 내내 가만히만 있었는데 내일이 되어 버렸어. 있지. 새벽은 파랗고 노을은 붉어. 종일 하늘만 쳐다보니까 그

솔직히 말하면 울고 싶고 더 솔직히 말하면 죽고 싶었다

렇더라고. 나는 이미 칠해져 버린 파랑에 붉은색이 덮어지니까 어떻게든 물들어 범벅이 될 줄 알았는데 그건 아니더라고.

상처받는 게 싫은데도 결국은 사람이 좋은가 봐. 아프게 했던 기억들 위에는 행복한 것들을 아무리 덮어봤자 더러워지기만 할 줄 알았는데. 좋았던 추억들이 쌓이다 보면 아팠던 기억들이 사라지기도 하나 봐. 그래서 언제 그렇게 푸르렀냐는 듯이 붉게 타오를 수도 있나 봐.

널 미워할 체력이 아까워서

미워하는 것이야말로 사랑이 남아있을 때 할 수 있는 것이다. 그 사람이 어떤 사람인지 파악하고, 그중 어떤 부분이 미운지 찾아내는 일. 그리고 애를 써서 감정을 토해가며 미움을 증폭시키는 것.

그래서 나는 이제 널 그만 미워하기로 했어. 대신 널 미워하기 위해 생긴 힘들을, 나의 오늘을 살아가는 데에 보태기로 했어. 사람을 미워하는 일은, 아주 피곤한 것이고, 날 갉아먹더라고.

네가 덜 미워져서가 아니라, 네가 미워할 만한 가치도 없는 사람으로 느껴져서야. 널 미워하는 일이, 내가 아픈 것보다 중요하지 않아서야.

나 아주 열심히 살아갈게. 잠시라도 틈이 생겨서 널 미워하는 마음이 다시 상기되지 않도록. 그러다 보면 언젠가는 널 추억하면서, 그래, 어렸으니까, 하고 웃어넘길 수도 있게 되지 않을까 싶어서.

사라지고 나면 슬프지 않을까

　타투를 즐겨 하는 아는 언니가 있다. 은은하고 예쁜 파스텔 톤 타투가 몸에 많아서, 구경하고 있으면 부러워져서 나도 타투를 하고 싶다는 생각이 들게끔 만든다.

　타투들의 이야기를 들어보고 있노라면 거기에 담긴, 아주 거창하지는 않지만 나름의 소소한 의미들이 있다. 물론 아무런 의미를 갖지 않고도 타투를 할 수도 있고—실제로 그렇게 타투를 하는 사람도 많지마는— 언니는 의미가 담기면 소중하게 여길 수 있어 의미를 갖는 거라고 했다.

　그렇지만 내가 담은 의미들이 언젠간 사라지는 것들이라면, 나중에 많이 슬프지 않을까, 하고 걱정하더라. 몇 주면 사라지는 헤나 같은 것과 달리 타투는 평생 내 몸에 새겨질 테니까. 떼어낼 수도 없고 말이야.

　그렇게 고민할 때 나는 이야기했다. 잊어버리게 되는 것보다

는 덜 슬프지 않을까. 지금 소중한 것들을 언젠간 기억조차 못
하게 되는 것보다는 괜찮지 않을까. 어쩌면 그래서 다들 사라
지는 것들을 새기는 게 아닐까.

웅, 그래서 다들 저마다 잊고 싶지 않은 것들을 기록해두나
보다. 바보 같은 내 기억력이 깜빡 모든 걸 잃어버려도 내 피부
가, 폴라로이드 사진이, 예전에 쓰던 휴대폰에 담긴 동영상이
널 기억할 테니까.

그러게 네가 담긴 동영상이라도 하나 기록해 둘걸. 넌 카메
라를 싫어했지만 그래도 몇 초라도 찍어둘걸. 그럼 네 목소리
가 더 이상 기억이 나지 않는다며 우는 사람도 없었을 텐데.
알겠지. 소중한 걸 아예 잊어버린다는 건 이렇게 슬픈 일이야.

남은 것들에 대해

이상해. 그 사람을 좋아하던 감정은 사라진 게 확실한데, 몇 년이 지나도 그 사람이랑 갔던 장소들은 아직도 아무렇지 않게 느껴지지가 않아. 눈에 익은 간판이 보이면 또 알 수 없는 묘한 기분이 느껴지는 거야.

너를 기억하고 있다고 너를 아직도 좋아한다는 이야기는 아니지만, 기억하고 있다는 건 남아있는 것이 분명히 존재한다는 이야기기도 하다. 남기 쉬운 것들을 만들어 놓은 건 내 잘못일까. 유난히 그때만 들었던 잘 알아듣지도 못하는 외국 노래, 너 때문에 처음 가본 동네의 구석구석 숨은 가게들, 냄새가 짙은 유명한 향수.

네가 키우던 강아지와 정말 똑같이 생긴 아이를 봤을 때는 솔직히 네 생각이 날 수밖에 없더라. 네가 확실히 향수를 뿌리던 건 기억나지만, 그게 도대체 무슨 향인지 까진 기억이 나지 않아서. 네 향수의 향을 잊어버린 건가 보다, 하고 안심하다가 무심코 길가는 사람의 냄새를 맡았을 때 네 향수 냄새가 나서. 만약 너였으면 어떻게 하려고 그때의 난 뒤를 돌아봤을까.

남겨둔 것들이 있다는 건 괴로운 일이야. 네가 우리집까지 데려다주던 기억 때문에 난 수없이 많은 시간 동안 지하철 개찰구에서부터 우리집 1층 현관까지 널 생각해야만 했고, 원래부터 좋아하던 카페의 구석 자리에 더 이상 앉지 못하게 됐어. 참 지긋지긋하다, 그렇지.

이 미묘한 감정들은 아마 사랑을 했던 시간들에 대한 벌인가 봐. 네게도 그렇게 남은 것들이 있다면, 나보단 네가 후회가 훨씬 많을 테니 너는 좀 더 고통스럽겠다—물론 네가 후회라는 걸 아는 사람이라면 말야. 지우려고 할수록 짙어진다는 말은 이런 걸 두고 하는 말이지 않을까. 알 수 없는 묘한 감정에서부터 출발한 생각은 기어코 그때의 기억을 끄집어내게끔 하던데.

너의 생일을 축하해 줄 수가 없다

　너의 생일이 버젓이 떠 있는데도 축하해 줄 수가 없다. 정확히 말하면 축하 문자를 보내줄 수가 없다. 우리는 결국 이런 사이가 됐다.

　나는 과거는 미화되기 마련이라는 말을 결국 부정하지 않기로 했다. 정말 지나고 보니 좋았던 것들만 남는구나. 힘들고 아팠던 기억들을 금방 잊어버리고 싶어서 그랬던 건지, 아니면 행복했던 기억들은 훨씬 지속력이 강해서 아무리 빡빡 지워내도 잘 사라지지 않는 건지.

　멍청하게 네게 축하 문자를 보내며 머쓱하게 대화를 이어나가려는 생각은 전혀 없다. 내가 너에게 남은 아주 작은 좋은 기억들은 돌밭에 간간이 피어있는 풀꽃 정도임을 알고 있다. 그 꽃을 보고 싶어서 다시 맨발로 다듬어지지 않은 뾰족한 돌 위를 밟으러 뛰어가는 멍청이는 아무도 없을 것이다.

솔직히 말하면 울고 싶고 더 솔직히 말하면 죽고 싶었다

행복한 순간들을 쓸데없이 기억하게 해 주는 데에 사진이 참 큰 기여를 한다. 채 정리하지 못한 드라이브 속 사진들은 행복했던 순간들이 많이 남아 있다. 사실 생각해보면 당연하다. 우리가 힘들고 아픈 순간들을 사진으로 남기고 싶다는 생각을 하지는 않으니까. 너와 싸우고 헤어지던 길을 굳이 찍어 두고 싶진 않을 테니까.

뭐. 깜빡 속을 뻔했다는 이야기다. 괜한 새벽 감성에 빠져 좋았던 기억들이 조금 떠오르고 나니까, 그래도 생일은 축하해줘야 하지 않나. 우리가 몰랐던 사이도 아닌데. 그런 기분이 드는 걸 어떻게든 억누르고 있다는 이야기다. 새벽은 그 어떤 술보다도 취하기 쉽다. 그 취기를 빌려 무언가를 한다면 숙취 또한 그 무엇보다도 독할 걸 알고 있다. 하루를 밤 열두 시에 시작하는 건 반칙 아닌가 싶다. 땡 하고 오늘과 오늘이 바뀌는 경계에 생일 알림이 뜨고 나면 새벽 내내 복잡하게 만들잖아.

별건 아니고 보고 싶어서

전화를 받지 않는 네가 그렇게 밉지는 않다. 네 생활이 요즘 바쁜 것을 안다. 이것저것 준비할 것이 많아서, 휴대폰을 잘 보지 못하는 것도 안다. 일에 열중하기 시작하면 확인하기를 미루는 스타일인 것도 물론 알고 있다. 혹은, 사람들과 함께 있어서 전화를 받지 못하는 상황이었을 수도 있겠다. 너는 사람을 좋아하는 사람이니까.

그렇지만 몇 시간 뒤에 왜 전화했냐는 네 카톡에 그냥 보고 싶어서 전화했다는 말은 거짓말이 아니다. 뭐. 특별한 목적도 이유도 없었던 내 전화니까 무시해도 괜찮다. 그냥 괜한 외로움에 네 목소리라도 들어보려고 했던 발버둥 정도였으니까 너는 몰라주어도 괜찮다. 외로움은 낯설다기보다는 필연적인 것이니까. 언젠간 무디어지면 누군가 없이도 이겨낼 수 있는 방법을 알 수 있을 거야. 전화를 받지 않아도 괜찮다. 나는 그냥

바쁜 네게 괜히 핸드폰을 울려 시끄럽게 한 건 아닌가. 그게
그렇게 미안하다.

공허함을 채워주는 것들

공허한 시간을 채워주는 것들은 결국 남은 것들이다. 생일이 지나고 맞이하는 지극히 평범한 날들에는, 잔뜩 쌓인 선물 택배들을 뜯으며 적막함을 채운다. 하나하나 테이프를 뜯고 박스를 열고 있으면 아직도 내가 생일인 것 같아 행복함을 조금 더 지속할 수 있다.

좋아하는 사람들 사이에서 잔뜩 신나서 떠들다가, 훈은 내게, 이러다가 집에 가면 또 공허하겠지, 라고 약간은 쳐진 목소리로 말했다. 훈은 자취를 해서, 네모난 칸 안에 혼자 누워있는 시간이 너무 허전하다고 했다. 사람들을 만나서 실컷 웃고 오면 그 괴리가 더 무섭다고도.

우리는 함께 있는 동안 동영상을 잔뜩 찍었다. 사진도 좋지만, 목소리가 담겨있으면 더 좋을 것 같아서. 움직이고 있는 우리를 보고 있으면 그때의 분위기도 풍경도 더 기억이 잘 나거든. 우리가 꿈이 아니라 정말로 함께 있었던 것 같거든.

집에 가서 찍은 영상들을 본다. 어쩌면 여전히 우리는 함께 하고 있는 것 같아. 영상 속에서 정신없이 웃고 있는 내 모습은 정말 행복해 보여. 좋아하는 사람들과 있는 나는 아주 편한 얼굴을 하고 있구나.

짤막하게 찍은 영상을 몇 번이고 돌려보고 있으니 날 괴롭히던 적막함이 평소보다 덜하다. 더 비참해질 거라고 생각했는데 그렇진 않더라. 아마 시간을 채워주는 것들이 있어서 그런가 봐. 그렇지만 추억하는 시간이 너무 길어져 이 시간을 그리워하기 전에 우리 다시 모여서 떠들자. 머리가 어지러울 정도로 또 실컷 웃자.

4월의 모기

4월인데 벌써 모기가 있다. 벌레가 싫어 여름을 싫어하는데, 아직 여름도 아닌데 벌레가 생기기 시작해 버리면 어떡해. 대체 언제 알을 까고 또 성충이 되어 이렇게 세상을 누비고 있던 걸까.

갑작스럽게 찾아오는 것들이 있다. 사실 굳이 따지자면 예고한 후에 찾아오는 게 몇 개나 되나 싶기는 하지만. 삶은 늘 우연히 발생하는 것투성이다. 예상할 수 없기에 내일을 알 수 없는 게 우리의 인생이겠지.

언제 시작했는지도 모르는 사랑을 깨달았을 때. 두근거리는 심장을 부여잡고 잠에 들지 못하는 것이 다른 이유가 아니라 너 때문임을 알았을 때. 정말 나도 나를 잘 모르겠다는 생각을 했다. 내 마음은 내가 제일 잘 알고 있다고 생각했는데도. 감정조차 갑작스럽고 예상할 수 없다 싶다.

솔직히 말하면 울고 싶고 더 솔직히 말하면 죽고 싶었다

작년 한바탕 여름이 끝나고 건전지가 다 된 전기 파리채의 새로운 건전지를 얼른 사 두어야지. 그런데 나도 모르게 널 사랑하게 된 내 마음은 어떻게 준비해 두어야 하지. 갑작스러운 것들이 다가올 때면 정말이지 나를 당황스럽게 만든다. 언제부터 마음을 키워 사랑한다고 생각할 정도로 만들었던 걸까.

첫 마디를 떼는 것이

참 그 첫 마디를 떼는 것이 어려운 것이다. 너무 무겁지도 또 너무 가벼워 보이지도 않을 만한 말이어야 하고, 그렇다고 시답잖은 것은 싫고. 무언가 내가 가지고 있는 걸 보여주고 싶기도 하면서 우리 좀 잘 맞을 것 같지 않냐는 의미도 넌지시 던져야 하고. 뭐 그런 것이다. 사랑을 시작하는 방식은. 처음부터 대뜸 사랑한다고 말할 수는 없으니 말이다. 나는 궁금하지 않은 질문을 애써 던지며 이야기할 명분을 계속 만들곤 했다. 이것이 시작이 될지 혹은 그저 그런 질의응답이 될지는 미지수인 것이다. 그건 나의 몫뿐만은 아니다. 네게 그래서 차마 결국에는 무엇을 하고 있냐고 물어볼 만한 단계가 되었다면 이미 할 말은 모두 거덜 났다는 이야기니까.

그래서 사실은 당신에게 이제 사랑을 시작해보고 싶다는 의미를 어떻게 던져야 할지 고민하다가 대신 전해줄 비둘기를 찾다 그것도 아니었고, 머리만 싸매다 새벽은 흐른다. 네가 잘 것만 같은 시간까지 흘러버렸다.

사랑을 받는다고 무조건 행복한 건 아니더라

차라리 날 사랑하지 말지 그랬어. 날 사랑하던 너는 어디까지가 인간적인 호의인 건지, 네 다정하고 따뜻한 모든 면모는 날 사랑했기 때문에 나온 건지 알 수 없었다. 그래서 날 더 이상 사랑하지 않을 때의 너의 모습은 그 어떤 사람보다도 차가웠다.

마냥 사랑받는 것이 좋다고 생각했지만, 사랑을 받는다고 무조건 행복해지는 건 아니었더라. 한창 짝사랑을 하던 때에 아낌없이 퍼부었던 내가 생각이 난다. 그때 내가 부담스럽다 말하던 너도 생각이 났다. 받기만 하면 되는데 그게 뭐가 그렇게 불편한 건지, 어린 날의 나는 잘 몰랐다.

이제는 안다. 모든 사랑은 마냥 아름답지만은 않고, 때로는 사랑의 크기보다 사랑의 부재로 불러일으킨 상처의 면적이 더 클 수도 있다는 것. 물론 상처를 주기 위해 사랑한 건 분명 아

니었겠지만. 아프다. 받은 게 사랑뿐이 아니어서. 남은 것들을
정리하고 감내해야 하는 건 결국 내 몫이어서.

고양이가 보고 싶은데

그런 거 있잖아. 분명 좋아하면 안 되는데도 좋아할 수밖에 없는 것들. 무술을 하느라 몸을 만들고 있는 한 친구는 요새 그렇게도 라면이 먹고 싶단다. 허리 디스크가 있는 언니는 한 번 달리기를 했다가 재활을 도와주시는 선생님께 혼이 나고는 괜히 더 달리고 싶어진다 했다. 빈둥거리는 게 너무 좋아서, 청소를 하고 밥을 챙겨 먹는 일을 미루고는 자꾸 자게 된다는 친구도 있었다. 집도 몸도 망가지는 걸 알면서도.

고양이가 자꾸 생각이 난다. 정확히 말하자면 날 아프게 했던 네가 키우던 너희 집 고양이. 다시는 기억하고 싶지 않은 말들을 내뱉고는 떠나간 너를 사랑할 수는 없는데. 잔인하게도 넌 왜 그렇게 귀여운 고양이를 키웠던 걸까. 도저히 사랑해 마지않을 수 없는.

다시 볼 수도 없으면서 좋아하지라도 말아야지. 사랑할 수 있는 걸 사랑해야 할 텐데. 그렇지만 늘어지도록 잠만 자는 건 행복하고, 숨이 턱 끝까지 차도록 달리며 빠르게 뛰는 심장을 느끼는 건 늘 짜릿하고, 가족들 다 자는 밤 몰래 끓여 먹는 라면은 항상 맛있는 걸 어쩌지. 사랑이 너무 커져서 억누르는 마음들을 자꾸 무시해 버리는 걸 어쩌지. 고양이가 너무 보고 싶은데 어쩌지.

편지는 모두 현재진행형이다

받았던 편지들을 펼쳐본다. 작은 메모지에 담긴 한마디부터, 책만 한 두께를 하고 있는 편지들까지. 아주 어릴 때부터 엄마는 내가 받은 편지들을 차곡차곡 상자 안에 모아놓았다. 덕분에 편지를 모으는 습관을 들이게 됐다.

개중에는 이제는 잃어버린 관계들이 맺었던 약속이 있다. 끝이 있을 거라고는 꿈에도 모른 채 평생을 기약했던 과거의 인연들이 있다. 또, 그때는 친구라고 불렀던 이들이 그리던 미래가 있다. 그 안에는 늘 함께인 우리가 있었다. 대학을 가고, 결혼을 하든 아이를 낳든 각자의 삶을 살고 있을 때도 여전히 계속 친구 하자면서.

엄마는 그런 편지들은 그냥 버려버리라고 했다. 자꾸만 기억해서 좋을 게 뭐 있어. 그렇지만 나는 아직도 편지들을 읽고는 다시 상자 안에 집어넣는다. 미운 이들이 적어준 것이더라도

편지까지 미워하기는 어렵다. 나를 생각하며 곰곰이 고민하고
는 한 자 한 자 적어냈을 마음을 어떻게 미워하겠어.

편지들은 모두 현재 진행형이다. 편지 속에는 사랑 같은 것
들만 담겨 있다. 이제는 이름만 봐도 미치도록 아픈 사람들의
편지도 그렇다. 지금의 우리가 어떤 모습을 하고 있을지 편지
속 너와 나는 몰랐으니까.

줘버린 편지를 얼마나 기억할지는 모르겠지만 너의 편지들
은 여전히 여기 남아 있다. 그때의 너까지 미워하기가 너무 어
렵다.

영원하지 않을 거야

　내일을 바라지 않을 때가 있다. 정말 최악의 하루를 보내고, 이 상태가 내일도 모레도 반복될 것 같은 기분이 들면. 그 최악을 연장하고 싶지 않은 거다. 오늘이 미치도록 싫은데, 내일도 오지 않았으면 좋겠고. 차라리 어제로 다시 돌아간다면 그게 나을지도 모르겠어. 혼자 정지된 상태로 그렇게 오늘인지 내일인지 지금이 몇 시인지 멈춰있게 된다. 문을 잠그고 방 안에 불을 끈 뒤 암막 커튼을 치고 있으면 지금이 낮인가 밤인가 싶고. 핸드폰 시계의 열두 시는 점심인지 자정인지도 모르겠고.

　그럴 때마다 되뇌는 거다. 이 감정은 영원하지 않을 거야. 이 감정은 영원하지 않을 거야. 믿기지 않더라도 그냥 입으로 웅얼거리는 거다. 어릴 적 학교 선생님은 외우기 어려운 게 있으면 입으로 소리를 내 보라고 했다. 그럼 내가 내뱉은 소리가

솔직히 말하면 울고 싶고 더 솔직히 말하면 죽고 싶었다

머릿속에 맴돌게 된다고. 그러다 보면 결국 머리 한구석에 자리 잡아 기억할 수 있게 된다고.

세뇌라면 세뇌겠다. 담을 방법을 모르는 문장을 의지와 상관없이 새겨놓는 꼴이니. 그래 문신처럼 뇌 한구석에 적어 두었다. 받아들여지지 않는 말이지만 그렇게 끊임없이 염두에 두고 있으면 그러려니 하게 되기도 하더라고.

왜냐면 사실 알고 있잖아. 영원한 것은 그 어디에도 없다는 것. 행복도 슬픔도 새벽도 사랑도 떠오르는 것들 그 아무것도 영원하지 않다는 것. 그래서. 이 감정도 결국엔 영원하지 않을 거라는 것.

동굴

언제든지 도망 와.

친구 집에서 같이 떠들고 자고 간 날이었다. 집주인 친구는
아침에 나한테 배웅하면서 또 도망 오라 했다.

있지. 나는 정말 도망가고 싶었어. 세상으로부터, 아픔으로
부터, 갑자기 내 눈앞으로 떨어진 커다란 벽들로부터. 숨을 동
굴이 없어서, 땅을 파서 날 넣고 다시 덮고 싶었어. 차라리 그
게 더 포근할까 해서.

또 놀러 와도 아니고, 자주 들러도 아니고, 도망 와라니. 너
무 따뜻하잖아. 잔뜩 대화를 늘어놓다 첫눈이 왔다는 소식에
나간 밖에 작은 눈꽃 하나조차 보이지 않던 건 아마 우리가
정말 동굴 속에 있었기 때문이 아닐까. 눈이 올 만큼 추운 겨
울날 포근할 수 있었던 건 그랬던 게 아닐까.

솔직히 말하면 울고 싶고 더 솔직히 말하면 죽고 싶었다

있지. 또 도망치러 갈게. 우리 그날 밤새 줄 하나 끊어진 기타로 청춘을 불렀던 것처럼, 탁한 사람들끼리 맑은 이야기를 나눈 것처럼.

4

아픈 상처까지도

사랑할 수

있다면

바닥을 치고 나면 올라갈 일밖에 없다

상처 많은 밤에도 낮은 찾아오더라. 무기력한 몸을 이끌고 밖을 나갔을 때 그래도 구름은 좋더라. 애매한 낮잠을 자고 몽롱하지만 잠은 오지 않는 시간에 몸을 일으키는 일은 너무 고되지만. 방 속 틀어박힌 나를 어떻게든 밖으로 꺼내시려 산책하러 가자는 엄마의 말을 듣고 싶지는 않았지만. 오랜만에 쐰 바깥 공기가 상쾌하긴 하더라. 끝나지 않을 것만 같은 것들도 결국 끝이 있더라. 낫지 못할 것 같은 지긋지긋한 마음도 언젠가는 나아질 날이 오긴 오더라.

난 이제 그때 네가 해준 바닥을 치고 나면 올라갈 일밖에 없다는 말을 믿기로 했어. 영원히 땅속으로 꺼질 줄 알았는데 막상 또 그렇지는 않더라고. 살아가다 보면 언젠간 다시 올라오기도 하고 그렇더라고.

울 줄은 아는 사람이라 다행이라고

평평 울면서 살아가는 것이 너무 힘들다고 말할 때. 네가 겪고 있는 아픔이 너무 커서 나는 네게 어떤 말도 할 수가 없었다. 감히 가늠할 수도 없고, 나로서는 겪어보지도 못한, 그래서 네가 지금까지 버텨온 것이 대단하다 못해 불가능하다는 말에 가까울 정도로 기이할 때.

술 한 잔이 오늘의 네 아픔을 꺼내 주어서 다행이다. 너는 네가 그만 좀 울었으면 좋겠다고 애써 눈물을 삼키려 했지만—물론 삼킨다는 말이 우스울 정도로 정말 많은 눈물을 흘렸다마는— 나는 네가 차라리 울 줄은 아는 사람이라 다행이라고 생각했다. 종종 울고 싶어도 울 수 없는 사람들을 봐 오곤 했으니까. 그들의 눈물은 눈가 근처에 계속 고이기만 하다 흐르지 못해 가슴속으로 썩어버리곤 했거든.

흘려보낸 눈물에 찌꺼기 같은 감정이 조금이라도 섞여 있었으면 좋겠다. 네게 감당하기 어려운 감정들이 너무 많이 눌려 있어서. 홀홀 털어버리자고 말하는 건 네 감정을 쉽게 생각하는 사람들이나 할 수 있는 말이니까.

안간힘으로 살아가고 있는 네게 외로움까지 안겨줄 수는 없기에. 나는 그냥 계속 네 옆에 있어 주겠다고 말했다. 해결할 자신도, 능력도 없는 내가 해줄 수 있는 말은 그런 것뿐이었다. 무능한 내가 미웠지만 어쩔 수 없었다.

너의 옆에서 잠을 자고 일어나 다시 내 집으로 돌아갈 때, 문 앞에서 배웅하는 너는 내게 제발 자주 와 달라고 했다. 네가 지겨워할 때까지 올 거야. 옅은 웃음을 짓고 문을 닫고 나섰다. 문을 닫기까지 너는 계속 나를 바라보고 있었다. 아기 강아지 같은 눈망울을 하면서.

대단한 위로를 할 줄 아는 사람이 아니라 미안하다. 내가 네게 도움이 되어 줄 수 있는 것이 없다는 것도 더더욱 미안하다. 평생 내게 기대 엉엉 울어도 좋으니 우리 같이 계속 살아가자.

올겨울은 유난히 따뜻했다

겨울이 점점 따뜻해진다. 이번 해 겨울에는 눈이 참 귀했다. 쌓인 눈은 거의 보기 힘들었고, 내리던 눈도 이내 비가 되어 다시 내리곤 했다.

차가워야 할 것들이 차갑지 못한 탓인지. 차가운 것들이 세상에 너무 만연하기도 했다. 외면받는 것들과 또 외로워지는 것들은 이번 겨울의 날씨보다 훨씬 시리다. 감당할 수 없는 하루가 벌어지고 나면, 차라리 눈이 되어 내리지, 하고 원망했다. 땀이 날 정도로 따뜻한 히터 안에서도 말이다.

이듬해 겨울에는 하얗게 온 세상이 덮였으면 한다. 얼어붙을 추위에 벌벌 떠느라, 아무리 차가운 마음을 만나도 덜 춥게 느껴졌으면 좋겠다. 온기를 나누기 위해 손 한 번 잡아주는 게 그렇게 어렵지 않은 일이었으면 좋겠다. 혹은 따뜻한 말 한 마디를 건네는 것이.

떠나고 싶은 밤

문득 어딘가로 떠나고 싶은 밤이다. 기차도 지하철도 하다 못해 버스도 없는 새벽이지만. 택시로 어딘가를 가기엔 너무 부담스러운 지갑 사정이지만. 사실 연 곳이라고는 24시간 영업하는 순댓국집과 편의점 그리고 흡연 구역이 지정되어 있는데도 스멀스멀 기어 나오는 담배 냄새가 가득한 피시방 정도겠지만.

갈 곳 없는 탓에 결국은 집 침대에 누워 잠이 들어야 한다. 얕은 잠을 자고 일어난 아침은 떠나고 싶은 마음도 사그라들겠지만. 사실은 떠날 돈도 시간도 용기도 없는 밤이지만 말이야. 이날 가려면 이날이 걸리고, 또 이날에는 일정이 있고… 왜 떠나고 싶은 마음이 들 때면 징검다리마냥 일정이 있는지 참 의문이다.

그렇게 떠나고 싶은 마음이 솟구치고 또 솟구치다가 결국

연이는 숙소부터 마음대로 예약해 버리고는 당장 떠나버리기로 결심했다고 했다. 수업이고 약속이고 다 미뤄놓고는. 이렇게 방 안에 갇혀서 살기만 하다 보면 정말 숨이 막힐 것 같거든. 환기를 계속하는 데도 공기가 부족한 것 같거든.

이제는 정말 떠나야겠다. 일박이일이든, 당일치기든, 혹은 일주일 내내 도망치든지 간에. 옷장을 열어 옷을 켜켜이 쌓았다. 캐리어에 잔뜩 짐을 싸 두고 나면 어딘가 떠나고 싶은 목적지가 생기지 않을까. 혹 아침이 되고 마음이 사그라들더라도 싸 놓은 짐 무더기를 보고 나면 떠나야겠다는 마음이 다시 상기될지도 모르니.

제때 밥을 먹는 것부터

새벽에 문을 연 식당이 아무 데도 없어 이리저리 헤매다 결국은 편의점에 들렀다고 했다. 초콜릿 하나를 골라 계산대 앞으로 갔을 때, 야간 근무를 하시는 편의점 아저씨는 택에게 아는 체를 하셨다. 요새 엄청 안 보였는데 오랜만이라고.

한때는 못 먹은 저녁을 새벽에 때우느라 편의점 아저씨랑 참 친하게 지내곤 했는데. 그건 때로는 저녁이기도 했고, 야식이기도 했고, 혹은 첫 끼기도 했어. 택은 요사이 규칙적으로 살아가기 시작했다고 했다. 이젠 더 이상 밤을 새우는 일도, 하루 종일 바닥에 누워 끼니도 걸러 가며 숨만 쉬다가 날짜가 바뀌어 버리는 일도 없다.

나는, 너의 편의점 아저씨를 간간이 보는 일이 부럽다. 내가 잠에 드는 것이 곧 밤이 되고, 또 내가 깨어나는 것이 바로 아침이 된 삶은 건강해지기 너무 어렵다. 밤낮이 바뀌었음을 넘어서서, 밤도 낮도 사라진 하루를 산다. 식사의 순서가 정체성을 만들기에, 때로는 아침을 네 시에 먹고, 점심을 여덟 시에 먹기도 했다.

우울해지지 않는 법은 아주 기본적인 삶을 시작하는 것부터 있다고 했다. 새벽의 한없는 어두운 공기는 나를 끌어 내리기 너무 쉽다. 광합성 할 겨를도 없이 낮엔 잠에 들어서, 오랜만에 환한 낮에 밖을 나서면 과하게 밝은 빛에 눈이 시리곤 했다.

제때 밥을 먹고, 제때 잠을 자는 것부터 출발해야 한다. 밝은 낮이 친근해지고, 어두워진다는 것이 자야 한다는 신호를 준다고 생각할 정도로. 새벽에 얼른 잠을 자 버리면 우울이 펼칠 틈을 못 준다고 했다. 그렇게 자리를 잃은 조각들을 하나둘씩 끼워 맞추다 보면. 흐트러진 톱니바퀴도 조금씩 다시 돌아갈 수 있지 않을까 해서.

우울할 땐 방 정리를

　우울한 기분이 들면 방을 정리하는 것부터 시작한다. 정확히는, 내가 지금 너무 우울해서 조금도 움직이고 싶지는 않지만, 그럼에도 이 기분으로부터 나아지고 싶다는 생각이 들 때. 내가 나를 제어할 수 없을 때는 사용한 것들을 제자리에 두고다 먹은 것들을 쓰레기통에 넣는 일조차 버겁기에. 방은 금세 더러워지기 일쑤다. 그러다 발 디딜 틈이 없을 만큼 방이 더러워지면, 그때에는 정말로 침대에만 누워 한 발자국도 움직이지 않곤 했다.

　의자 등받이에 걸쳐 있는 몇 겹의 옷들을 옷걸이에 걸고, 그중 더러워진 것들은 빨래통에 넣었다. 침대 근처에 널브러져 있는 물병들과 쌓인 커피잔들을 모조리 싱크대 앞으로 가 헹구고는 플라스틱 버리는 곳에 던졌다. 같이 놓여 있던 과자 봉지와 초콜릿 포장지들도 쓰레기통에 버렸다.

자리를 잃은 물건들도 제자리에 두었다. 조금씩 원래의 자리를 찾아가는 것들을 보다 보면, 나도 금세 내 자리를 찾을 수 있게 되지 않을까. 망가진 일상도 다시 원래의 자리를 잡고 돌아갈 수 있지 않을까.

걸레에 물을 묻히고 방바닥을 박박 닦았다. 머리카락도 잘 주워서 버리고, 탁자와 침대도 이리저리 옮겨 가며 쌓인 먼지들을 닦아냈다. 방바닥을 청소한 게 얼마 만인지 기억이 나지 않는 것은 걸레가 금방 새까매진 이유겠다.

무엇부터 시작해야 할지 모를 때, 방 정리부터 해 보는 거다. 내가 고칠 수 있는 것부터 고쳐나가는 것. 그러다 보면 내가 하고 싶었던 게 뭔지, 또 앞으로는 무엇을 하고 싶은지 불현듯 생각이 날지도 모르니까.

술을 먹고 뱉는

　사람들은 술을 먹으면 내가 원래 알고 있는 모습과 조금 달라진다. 그 사람은 술만 안 먹으면 괜찮은데, 라는 말을 종종 듣기도 하지만, 사실 나는 술을 먹은 모습이 진정한 모습이라는 말에 동의한다.

　술은 사람을 솔직하게 만든다. 속으로만 해야 하는 이야기를 때로는 밖으로 꺼내기도 하고, 마음먹기만 했던 행동을 하도록 이끌어 주기도 한다.

　스무 살이 되고 나서 다양한 모습의 주사들을 봤다. 소주만 마시면 있는 사연 없는 사연 다 꺼내서 엉엉 울던 친구도 있었고, 욕이 많아지는 친구도 있었다. 집에 보내야 하는데 자꾸 길바닥에 드러누우려 하는 친구도 있었고, 말이 많아지는 친구도, 혹은 애교가 많아지는 친구도 있었다.

　내 주사는 대체 뭘까, 궁금하기만 하고 실제로 본 적은 없었는데, 처음으로 필름이 끊긴 날 내 핸드폰의 기록은 참 징그럽게도 많이 쌓여 있었다.

친한 친구들에게 전화를 했고, 또 사랑한다고도 했고, 나 같은 사람과 친구를 해줘서 고맙다는 이야기도 했고. 그러다가 과거의 사랑들에게도 문자를 해서 내가 널 정말 사랑했었다고, 깨고 나면 후회할만한 말을 남기기도 했다. 내 주사는 사랑 고백이었다.

한창 사람들에게 상처를 많이 받고 또 버림을 많이 받아, 그래, 나 같은 사람이랑 누가 친구를 하겠어. 하고 나의 부족함과 혐오감이 너무나 당연한 것이기에, 내게 주변에 사람이 있는 건 어울리지 않는다는 생각을 하던 때가 있었다. 누구도 나와 어울리지 않았고, 나는 누구와도 어울리지 못했다.

그랬던 시간들이 마음에 많이 남아있었나 보다. 취기에 솔직해진 나는 내 주변 사람들에게 고맙다 못해 미안했었나 보다. 잔뜩 오타가 난 말투로 한없는 감사와 사랑을 보내던 새벽이었다.

그런 건 술 깨서 말해. 친구들은 그랬다. 술 없이도 솔직하게 사랑한다 말할 수 있는 사람이 되어야지. 고마운 마음을 익숙해지지 않게끔 되새기며 살아야지.

연초에 듣는 캐롤

연말이 지난 후 크리스마스 노래를 다시 듣는 건 퍽 새롭다. 이미 1월은 지났고 2월의 후반을 향해 가는데, 왜 아직도 청승이냐 묻기도 한다. 연말이 그렇게까지 그리운 것도 아닌데 말이다.

크리스마스 노래에는 이유 없는 애틋함이 묻어 있다. 한 해를 보내는 아쉬움일지도 모르고, 일 년에 몇 없는 특별한 하루를 보내기 위한 준비일지도 모르지. 어떤 섭섭함과 또 어떤 그리움이 담겨 있기에, 캐럴 노래들은 마냥 신나지만은 않는다.

연말의 나는 늘 외롭다. 마무리한다는 것은, 그간의 행적들을 살펴보는 것과 같다. 이루지 못한 것들에 대해 아쉬워하는 것은 해를 마치는 나만의 습관이다. 트리를 만들고 맨 꼭대기에 별을 달고 나면 올해는 왜 이렇게 살아왔는가 하며 회의감이 들곤 했다.

 한 해를 보내는 것에 대한 괜한 연민이 있었다 생각해본다. 열아홉이었다가 스물이 되고, 또 스물이었다가 스물하나가 되는 것이 뭐가 그렇게 대단한 일이라고. 한 살을 먹는 것들에 대한 무게를, 가볍다고 생각할 근육을 키우는 것이 뭐 그렇게 어려웠나 생각한다.

 지나간 것들은 결국 지나간 것. 이 또한 지나간다는 말에 반발심이 들었던 것은, 지나가기 바로 전까지 아프던 것들이 앞으로의 전부일 거라 생각했던 짧은 어림짐작일 것이다.

 어쨌든 1월이 온다. 겨울은 언젠간 끝이 있다. 봄이 돌아오는 건 세상의 이치다. 그걸 인정하기가 뭐 그렇게 두려워 12월을 보내기 싫어했을까. 찬바람으로부터 오는 냄새가 옅어진다. 조금씩 날이 풀리는 걸 보아하니 곧 봄인가보다.

서툴게 살아도 괜찮다

앞머리만 자르기 위해 미용실을 가는 일은 거의 없지 않을까. 전체적으로 커트를 하다가 앞머리가 길어 같이 자른 적은 몇 번 있었지만, 사실 앞머리 정도는 혼자서 자를 수도 있는 것이다. 헤어 디자이너가 잘라준 것보다는 훨씬 삐뚤빼뚤하고 엉성하지만, 어차피 대충 고데기로 말아주면 보기 나쁘지는 않고. 또 언젠간 자랄 것이고.

지나가는 사람들 중, 저 사람 혼자 앞머리 잘랐나 봐, 너무 삐뚤빼뚤한 거 아냐? 하고 생각하는 사람은 아무도 없을 것이다. 스치는 사람들은 내게 그리 관심이 없고, 그중 내 앞머리를 유심히 보는 사람은 더욱이 없을 테니까.

뭐 어때. 모든 걸 그렇게 생각할 수만 있다면 우리는 조금 더 행복해질 수도 있겠다는 생각을 했다. 애써 완벽하지 않은 나를 완벽하게 만들기 위해 노력하고, 조금이라도 망가지면 전부가 망가진 것 같은 기분이 들던 때. 그렇지만 앞머리를 조금 삐뚤게 잘랐다고 내가 실패한 사람이 되는 건 아니더라고, 그때는 정말 그런 줄 알았었는데.

조금 서툴게 살아도 되는 것이다. 서투를 수밖에 없는 것들에서는 더욱이 그렇다. 누군가를 실망시키는 것이, 나를 실망하게끔 하는 것이 두려웠던 나는 그걸 몰랐다. 모든 건 내 의도대로 될 수 없고, 세상에는 어쩔 수 없는 일도 있는 것이며, 완벽은 이상에 불과하다는 것. 완벽하지 않기 때문에 사랑하는 것들도 분명 있다는 것.

그런 이름 하나쯤은 있지

그런 이름들 몇 개씩 있지. 오랜만에 만난 친구들이랑 옛날 이야기를 하다, 내가 먼저 꺼내지 않아도 친구들이 알아서 꺼내주는 이름들. 정말 사랑했는데, 잘 지내니, 하고 우스갯소리로 떠들지만, 사실은 조금 가슴이 먹먹해지기도 하는. 그렇지만 괜히 애들 앞에서 티 내지는 않는 그런 이름들 있잖아.

그렇게 친구들이랑 다 헤어지고 나서 잠자리에 드는 데도 여전히 그 이름이 자꾸만 맴돌아서, 또 혼자 자기 전에 머릿속으로 추억여행을 한바탕하고는 잠들 수밖에 없게 만드는 그런 이름. 생각난 김에 몰래 카카오톡 프로필 한 번 보고 온 건 비밀로 해주라.

여전히 사랑해서가 아니라, 그냥 그때 사랑에 빠져 애쓰던 나를 떠올리는 게 먹먹한 거야. 내가 걔랑 무슨 일이 있었더라, 하고 되짚어 보다가 내가 그 시절에 느꼈던 감정이 또 떠오르고 나면 여전히 아프기도 해. 사랑은 온데간데없고 통증만 남은 거야. 그렇지만 아주 아프다기보다는, 조금 얼얼하다는 말이 더 맞겠다. 딱 그 정도지 뭐.

그래 누구나 그런 이름들 하나쯤은 있잖아. 괜히 옛날 친구들 SNS를 구경하다가 우연히 얼굴을 발견하고는 덜컹하게 만드는 사람. 잘 지내고 있는지 궁금하기는 하지만 연락해 볼 마음까지 생기지는 않는, 추억하는 것만으로도 그만한 사람. 아마 지금의 진짜 너와는 조금 거리가 있을 거야. 그 사람은 내 추억 속에서만 살고 있으니까.

혼자 하는 사랑이 무슨 의미가 있겠어

이제는 사랑하지 않겠다 말하는 이의 초점은 바깥이 아니라 내부를 향했다. 시야를 방해하는 그 어느 것도 볼 수 없었지만 다만 초라한 내면을 보고 있는 것 같았다. 그의 눈동자는 때론 불타오르기도 했으며 또 그 불을 끄기 위해 많은 물을 흘려내기도 했다.

여전히 사랑하고 있지만 혼자 하는 사랑이 무슨 의미가 있어, 하고 소주잔을 들이키는 네 모습이. 이미 다 정리했다고 하지만 아직 정리할 것이 한참 많아 보이는 너여서. 그 사람 참 못났다. 그 사랑도 참 못났고.

언제 한 번 신혼인 우리 언니한테, 결혼하면 무슨 기분이냐고 물어본 적이 있다. 가족과 동일한 감정의 사랑이냐고. 언니는, 결혼은 노력하는 관계라고 했다. 어쨌든 가족은 핏줄로 묶여있지만 결혼은 그렇지는 않으니까. 어떠한 인연도 없는 사이

아픈 상처까지도 사랑할 수 있다면

부터 시작한 거니까.

노력. 그래 사랑은 노력이야. 때로는 아무런 노력 없이도 사랑이 이어지고 있었다 믿은 때도 있었지만, 사실은 상대방에서 엄청난 노력을 일궈왔었더라고. 균형 잃은 관계는 금방 무너지곤 하더라.

다음에 네가 사랑을 한다면 서로에게 끝없는 노력을 하다가 지쳐 쓰러질지언정 받지 못해 씁쓸해하지 않길 바란다. 사랑을 하고 있을 때 느낄 수 있는 가장 가슴 아픈 감정은 외로움이 아닐까. 다만 지금 네 안에 있는 외로움이 너의 부족 때문이 아니라는 걸 알았음 한다. 언젠간 또 사랑을 믿어볼 힘이 샘솟는다면 그때는 꼭 너와 같은 사람을 만나. 뭐라도 더 주고 싶어 안달 난 사람.

다르기에 사랑할 수 있는 사람

다르다는 걸 확실히 인정하고 나면, 이제는 좋은 점들이 보이기 시작하더라고. 그때의 나는 그랬어. 잔은 사랑했던 사람의 이야기를 꺼내며 그런 이야기를 해 주었다. 정확히는, 너와 정말 다른 사람을 만났는데, 어떻게 그렇게 사랑할 수 있었냐는 질문에.

비슷하다고 느끼는 사람에게서 알게 모를 낯섦이 느껴지는 것도, 비슷한 사람이라지만 결국 다른 사람이기 때문이겠지. 차라리 비슷하지 않았더라면 처음부터 다르다는 걸 인정하고 시작했을 수도 있을 텐데. 같은 사람일 줄 알고 사랑했던 사람들은 주로 그랬다. 그래서 실망하게 되는 건 주로 나와 닮은 사람들이었나 보다.

잔은 달랐던 그를 개조해보려고 했다고 했다. 자신과 같은 생각을 했음 하고, 스스로와 닮게 만들려 노력한 시간들이 있었다고도. 그러다 어느 순간 깨달아 버린 거다. 나와 같지 않아도 사랑할 수 있는 것들이 있구나.

맞지 않는다 생각했던 부분들에 대해서 짜증을 내던 것들이, 너에게는 이유 모를 화로 다가왔을 수도 있겠다. 잔은 자신을 주입하려 한 그간의 시간들이 미안해졌다고 했다. 상대를 배려하려고도, 이해해보려 하려고도 하지 못했던 날들. 다르다는 걸 인정해버리고 나니 네가 가지고 있는 아주 멋지고 빛나는 부분들이 보이기 시작한 거다.

내가 갖고 있지 않은 걸 가지고 있는 사람은 무척이나 매력적이다. 동시에 그것은 내가 완벽한 사람이 아니라는 하나의 증거이기도 하다. 나도 부족한 사람이라는 이유니까. 나는 네가 나와 다르기 때문에 사랑한다. 어쩌면 그 다른 부분들 중 닮아가는 부분이 조금씩 생기는 것조차 사랑인가 보다.

오렌지 주스를 좋아하지는 않았는데

딱히 주스를 좋아하지는 않지만, 집 안에 한 병이 있으면 새벽에 종종 꺼내 마시게 된다. 엄마는 가끔 오렌지 주스를 사오실 때도 있고, 포도 주스를 사 오실 때도 있는데. 평소에 집에 마실 게 없으면 굳이 나가서 사 오는 편도 아니고, 커피나 맥주가 아니면 딱히 좋아하는 취향도 없지만. 심지어 물을 자주 마시는 편도 아니지만. 그럼에도 새벽에 노트북을 두드리다 주스가 불현듯 생각이 나는 거다.

이상하게 집 안에 있으면 마시고 싶은 순간이 생긴다. 분명 주스를 사기 전에는 주스를 마시고 싶은 마음이 없었는데, 냉장고 안에 주스가 생기고부터 주스를 마셔야겠다는 마음이 생기고, 그러다가 주스가 다 떨어지고 나면 아쉬워지고 나가서 한 병 사 올까 싶어진다.

의도하지 않았는데 금세 마음 한구석에 자리를 잡아버린 것들이 있다. 분명 너를 사랑할 생각도 없었는데. 그럴 여유도, 공간도 없었는데 말이다. 자꾸만 눈에 밟히게끔 움직이던 네가 결국 내 일상에 스며들고 나면 이제는 네가 생각이 나기도 하고 보고 싶어지기도 하고 뭐 그런 거다. 그러다 보면 필요해지기도 하고 또 그리워지기도 하고 하는 거다.

그래서 마음에 여유가 없다는 말은 거짓말인지도 모르겠다. 빈 공간이 생겨 너를 사랑하는 것이 아니라 네가 내 속에 들어와 공간을 만들어 버리는 걸 어떡하겠어. 결국 새벽에 혼자 슬리퍼를 끌고 편의점으로 걸어가 오렌지주스를 한 병 사 왔다. 이제는 그렇게 되어 버렸다.

꿈보다 더 좋은 현실이기를

　나는 종종 꿈과 현실의 경계를 잃어버리곤 한다. 잠과 잠 사이에 겪었던 일들은 종종 꿈과 혼동되어서, 나중에서야 이게 꿈이 아니라 현실이었구나, 하고 깨닫는 경우도 있는 것이다. 반대로 현실인 줄 알았는데 꿈인 경우도 종종 있고 말이다.

　하루는 온몸에 문신을 하는 꿈을 꾸고 난 뒤, 일어나서도 내가 진짜 문신을 했었는지 안 했는지 정신이 안 차려져 한참이나 팔과 다리를 살펴보았었더란다. 그러다가는 잠에서 잠깐 깨서 영상을 보고 다시 잠들었을 때, 꿈에서 본 것이라고 생각했는데 정말로 시청기록에 남아있었던 적도 있었다.

　내가 꾸는 꿈은 비현실적인 것들도 현실적으로 다가와서일까. 생각해 보니 하늘을 나는 꿈을 꾸었을 때도 한참이나 이게 현실인지 아닌지 고민했었다. 꿈속에서는 그 어떤 것도 허무맹랑하다 느껴지지 않으니까. 그때에도 나름 하늘을 나는 방법이 합리적이라 생각했는데.

꿈이라고 믿고 싶은 현실이 있고, 현실이었음 좋겠는 꿈도 종종 있어서, 꿈과 현실을 마음대로 생각하다 보니 헷갈리기 시작한 건 아닐까 생각했다. 가끔은 보고 싶은 사람이 나오면, 꿈이라고 인정하고 싶지 않기도 하고. 그러다가도, 참 부끄럽고 대처할 수 없는 일을 저지르고 나면은 또 이게 제발 꿈이었으면 좋겠다며 눈을 꼭 감는 것이다. 꿈이어라, 제발 꿈이라고 해줘. 그렇지만 사실은 현실에서부터 도망치고 싶은 내 마음이겠지.

꿈이 부럽지 않을 만큼 기분 좋은 현실이 잔뜩 있었으면 좋겠다. 아무리 좋은 꿈을 꿔도, 아쉽다기보다는 난 더 행복한 현실이 있으니 상관없다는 식으로 나올 수 있을 만큼.

왜 이렇게 아픈 곳이 많아요

처음 신고 나간 슬리퍼 때문에 발등이 까졌다. 높은 구두를 신을 때면 뒤꿈치가 까지는 것이 싫어서 밴드를 붙이기는 하지만, 슬리퍼를 신기 위해 밴드를 붙이는 사람은 아무도 없을 것이다. 편하게 신으려고 산 슬리퍼인데 손이 잘 가지 않게 됐다.

요새 좀 괜찮아지나 했더니 또다시 위경련이 왔다. 의사는 내 위장은 평생 고칠 수 없을 거라고 했다. 조심하면서 사는 수밖에 없다고. 먹는 걸 조절하고, 스트레스를 받지 않으면 된다고 했지만. 스트레스를 받지 않으면서 사는 방법은 의사도 모른다.

그러다가 그저께 아침에는 갑자기 다래끼가 난 것이다. 그렇지만 원래 다래끼가 나도 하루 정도만 지나면 다시 가라앉는 터라 크게 개의치 않고 있었는데, 어제 더 커진 걸 보고 깜짝 놀라 약을 사 하루 종일 먹었다. 그러고는 오늘 아침 일어나 얼마나 가라앉았나 봤더니 웬걸. 이제는 째지 않고서는 가만히 놔둘 수 없을 정도로 더 커져 버렸다.

여기저기 상처 난 나를 보고 왜 이렇게 아픈 곳이 많아요, 하고 그렇게 친하지는 않은 지인이 말을 건넸다. 그러게요. 성한 곳이 한 군데도 없네요.

아픔은 종종 나를 서럽게 만든다. 몸이 아프면 마음도 건강하지 못할 때가 많고, 마음이 아프면 몸에서 먼저 반응하기도 하니까. 서러워서 아픈 건지 아파서 서러운 건지 모를 정도로.

한 번도, 한 군데도 아파본 적 없는 사람은 한 명도 없겠지만. 그럼에도 내 몸 하나 간수하지 못하는 내가 부끄럽기도 해서. 아니, 사실 자랑할 것 하나 없는 내가 부끄러웠던 것 같기도 했다. 휘몰아치는 세상에 덜 쓸리고 덜 상처받으려면 내가 단단해야 할 텐데. 나를 사랑하기엔 내가 너무 너덜너덜한 사람이라서. 부끄러운 부분투성이인 저를 사랑하는 방법을 모르겠거든요.

그러다 왜 이렇게 아픈 곳이 많냐는, 건조한 말 한마디에 갑작스럽게 위로를 받는 것이다. 스스로를 잘 돌보아주라는 이야기 같아서. 사실은 그렇게 가깝지 않은 당신이, 내게 아프지 말라는 이야기를 부담스럽지 않게 하고 싶었던 것 같아서.

하루쯤은 낯뜨거워도 사랑한다고 말하고 싶다

매년 발렌타인데이를 챙긴 지 어언 9년이 넘었다. 언니와 형부 때문이다. 둘은 2년 전에 결혼을 했기에, 그 이후에는 더이상 언니를 도와줄 일이 없다고 생각했으나, 올해도 어김없이 언니 집으로 가서 초콜릿을 만드는 걸 도와주어야 했다.

사도 될 텐데 언니는 꼭 만들어주어야 한다는 철칙을 가지고 있다. 오히려 재료비용이 더 큰 것 같다는 생각이 들긴 하지만 썩 개의치 않나 보다. 그래도 한번 힘을 들여 도와주고 나면, 아버지를 드릴 것도 남고, 나도 베이킹 실력이 조금씩 쌓이는 것 같아 그렇게 밑지는 장사는 아니다. 여동생이 있어서 다행이라는 언니의 칭찬은 덤으로.

무슨 무슨 데이마다 사람들이 의무적으로 지출하는 걸 생각하면 참 상술이야, 라고 생각하지만, 형부가 좋아할 걸 생각하면서 신나게 휘핑을 치고 있는 언니를 보면, 괜한 기념일을 핑계 삼아 사랑을 표현할 수 있는 날이 있다는 게 썩 나쁘지만은 않다 생각한다. 열심히 타르트지를 만들고, 초콜릿을 녹이고, 또 딸기를 자르고 우여곡절 끝에 타르트를 만들어내다 보면 내년은 정말 사서 주자고 토해내게 되긴 하지만. 그렇지만 언니는 내년 이맘 때가 되면 또 무언가를 만들고 있을 것을 안다. 이미 발렌타인데이는 우리의 명절이 됐다. 형부 것을 빼고 아버지께 드릴 것을 챙겨 집에 걸어가며 생각했다. 그래 하루쯤은 낯뜨거워도 여전히 당신을 사랑한다 표현할 수 있는 날이 있어 다행이라고.

내일은 오늘보다 더 어른이니까

지나고 보니 아무것도 아니었어. 이 말은, 결국 시간을 지나 내가 더 성장해서, 이젠 그걸 아무것도 아니었다고 치부할 만큼 큰 사람이 됐다는 말인 거다. 시간이 약이라고 하지만, 사실 시간은 약이 아니다. 시간이 지난 내가 스스로에게 약이 되어주었다는 말이 더 정답일 거다.

내가 할 수 있는 것이 아무것도 없는 것 같아서. 마냥 시간이 흐르기만을 기다리던 내가, 흘러가지만 도달하지는 않았던 시간에 허덕이느라. 숨 막히게 무능하고 수동적인 인간으로 느껴질 때. 결국은 네가 해낼 것들이야. 너는 내게 그런 말을 해 주었다.

내일의 너는 오늘보다 더 어른일 테니, 오늘은 내일의 너에게 맡기고 그냥 쉬어. 불 꺼진 방에 혼자 있던 나는 애써 이겨내기를 멈추고, 노트북을 덮고, 맥주 한 캔을 마시고는 그냥 잠에 들었다.

잠에서 깬 주말의 아침은 포근했고, 햇살도 그러했다. 방안은 여전히 불이 꺼져 있었는데도 그렇다. 어제의 내가 품던 숙제는 오늘의 내가 되고 나니, 따뜻한 햇빛에 녹아 사라졌다.

오늘 밤이 되고 나면 녹아 사라진 문제가 다시 얼어붙어 날 아프게 할지도 모르겠지만. 또 언젠간 다시 해결해 낼 거야. 녹았다 다시 얼어붙은 것들은 형태를 점점 잃어가기 마련이니까.

봄에는 비가 오지 않았으면 좋겠다

비가 오지 않았으면 좋겠다. 내일은 일주일 동안 기다리던 피크닉을 가는 날인데. 분명 오늘 비가 온다면 땅바닥이 다 젖어 돗자리를 펴고 앉기에도 찝찝해질지 모른다. 정성껏 준비한 도시락이 물거품이 되긴 싫다. 바깥에 나가지 않은 지 얼마나 되었더라. 오랜만에 시원한 바람을 쐬고 싶었는데. 막 예쁘게 피기 시작한 벚꽃을 얼른 보러 가고 싶었는데.

혹자들은 비 오는 날을 좋아한다고는 하지만, 그 누구도 비 오는 날 밖에 나가서 그 비를 온전히 맞는 것을 좋아하는 이는 없을 것이다. 비를 좋아한다는 것은, 추적이는 소리를 들으며 실내에서 그 창밖을 바라보는 것을 좋아한다는 게 아닐까. 비에 젖어 찝찝하게 거리를 활보하는 것을 좋아하는 사람이 정녕 있을까.

봄에 내리는 비는 봄을 짧게 만드는 데에 기여한다는 생각을 한다. 내게 봄의 상징은 결국 벚꽃에 있는데. 열심히 피워낸 벚꽃들이 한바탕 비를 맞고 나면 다 땅으로 떨어지고는 초록 잎이 나타나기 시작하는 것이다. 봄비는 좀 더 매정한 경향이 있다.

사실은 정말로 비가 오지 않았으면 좋겠다. 많은 비가 떨어 지지만 그중 하나도 올라가는 것은 없다. 추적이는 비를 보고 있노라면 나도 같이 내려가고 있는 기분이 들어서. 하늘이 괜 히 회색빛이 되는 게 무심해서. 맑은 것이 어디에도 없어서. 내 리는 비마저 깨끗하지 못하잖아. 자꾸만 떨어지는 기분을 비 를 탓할 수밖에 없게 되니까. 그래서 쨍쨍 내리는 햇볕에 땀을 흘릴지언정 비가 오지 않았음 좋겠다. 정말이지 그랬으면 좋겠 다.

뻐근하지만 접지르지는 않았다

맥주 몇 잔을 마시고, 친구와 헤어진 후 기분 좋게 돌아가는 밤. 휴대폰을 잠시 확인하느라 한눈을 팔고 걸어가는 사이 횡단보도 근처엔 턱이 있었나 보다. 한 뼘 정도 되는 턱. 잘못 디딘 발목은 살짝 뻐근하다.

그렇지만 한 세 발자국만 더 걸어도 발목은 이내 괜찮아진다. 접질린 것도, 넘어진 것도 아니잖아. 앞으로 잘 보고 걸어가면 된다.

그런 의미에서 나는 아주 괜찮다. 내가 조금 부주의한 탓에 미처 턱이 있는 줄 모르고 걸어갔던 거다. 앞으로 조심하며 걸을 수 있어 더 큰 사고를 예방한 셈이니, 차라리 너한테 고맙다고 할 수도 있겠다.

그러니 내가 너에게 너무 상처받았을 거라 생각하지 마라. 나는 네 생각보다 튼튼하고, 세 발자국만 걸어도 다시 멀쩡해지는 발목을 가졌다. 넘어져 무릎에 멍이 들지도 않았다. 너는 오히려 내게 상처를 주고 싶었던 걸지도 모르겠지만, 네가 내게 입힐 수 있는 아픔은 살짝 뻐근한 정도까지다.

널 미워하느라, 날 사랑하는 방법을 배웠다. 너 같은 사람을 사랑할 바에, 차라리 나를 사랑하자 싶더라. 흘러내리는 것들을 참아가며 네게 받았던 것은 사랑이 아니었더라. 네게 한눈이 팔려 잘 모르고 있었는데 정말 그렇더라고.

화살을 피하지 않을 이유는 없잖아

모든 원인을 나에게 돌리는 것. 언뜻 보면 아주 착하고 배려심이 넘치는 사람처럼 보이지만, 화살은 나를 찌르고 눌러 결국 구멍이 숭숭 나버린다. 모든 방향이 나를 향하는 그런 화살. 모든 걸 다 맞아주는 건 사실은 미련한 거다.

너의 부모님이 이혼을 하시고는 널 힘들게 혼자서 키워내신 건 분명 너의 잘못이 아니다. 태어난 게 잘못이라는 너의 말은 틀렸다. 네 탄생이 너의 선택이 아닌 것처럼, 너의 상황도 너의 이유가 아니다.

친구들이 너를 외면하고 소문을 만들어 널 혼자 남게 한 것도 너의 잘못이 아니다. 그 친구들은 말도 안 되는 빌미를 삼아 너의 그 크나큰 잘못 때문에 네가 혼자가 된 거라 이야기하겠지만. 그건 널 혼자 두고 싶어서 만들어 낸 가짜에 불과하니까.

누군가는 자신의 잘못인데도 절대 자신은 잘못이 없다고 말하는 사람도 있던데. 그런 사람들은 현명하지 못할지언정 불행하지는 않을 거다. 누구보다 자신을 사랑하기에 그런 생각을 할 수 있는 거니까. 결국 아주 쉽지만 어려운 그 본질에 봉착하는 거다. 스스로를 사랑하자는 것. 내가 나를 사랑하지 않기 때문에, 가끔은 다른 사람들, 심지어 내가 미치도록 싫어하는 사람들보다도 내가 더 싫기 때문에. 내 탓을 하기 너무 쉬워지는 거다.

우리도 차라리 마음속으로 몰래 남 탓하는 버릇을 가져버리자. 안 되면 남들 탓인 거고, 안 되면 세상 탓인 거야. 다가오는 화살을 굳이 피하지 않을 이유는 없잖아. 잡아서 꺾어버리지 않을 이유 또한 없잖아.

결핍이 있는 사람은 소중한 줄을 안다

어릴 때 살이 통통하게 올랐던 친구에게 어머니는 다이어트를 시키신답시고 집안에 먹을 것을 잘 두시지 않았다. 그때가 은연중에 아직도 남아있는 건지, 친구는 자취를 시작하면서 집에 한가득 음식을 쌓아두는 버릇이 생겼다. 시간이 지나 상하고 썩을지언정 늘 부족하게 장을 보지 않는다.

그건 전쟁을 겪으신 우리 할머니도 마찬가지셨다. 식량이 부족하던 시대에 자라, 집안에 음식을 쌓아두지 않으면 불안하다고 하셨다. 어렸을 적 할머니 집에 가면 먹을 게 많아 좋았다. 다섯 개짜리 요구르트와 과자들, 그리고 사과와 단감을 깎아서 주시곤 했다. 가끔 라면을 끓여주시기도 했는데, 물을 잔뜩 넣어서 끓여주신 탓에 나는 원래 그렇게 라면에 물이 많은 건 줄 알았다.

엄마는, 어렸을 때 집안을 잘 돌보시지 못한 부모님 탓에 늘

축축한 수건을 써야 하는 게 너무 싫었다고 했다. 그래서 지금도 수건 빨래를 자주 하고, 뽀송하게 말려 예쁘게 접어 화장실 수납장 한쪽에 넣어 두는 일을 가장 먼저 시작한다. 수납장을 열면 늘 알록달록한 수건들이 가득 차 있는데, 난 한 번도 이 수납장이 비어있는 걸 본 적이 없다.

그러니까 나는 어렸을 적 사랑을 많이 받지 못했다는 네가, 사랑을 줄 줄 아는 사람이 될 수 있을까라는 걱정에 대한 이야기를 하고 싶은 거다. 부족해 본 적이 있으니까, 그게 얼마나 필요하고 또 중요한지 알 거라고. 누구보다 사랑이 소중한지 아는 사람이지 않겠냐고.

부족한 사랑을 받았으니, 너의 사랑은 늘 차고 넘칠 거야. 네가 사랑할 것들이 부러워지네. 빌 틈 없는 사랑을 받을 테니 말야.

울고 싶어도 울 수 없는 사람

하품을 자주 하는 너는 정작 제대로 울어본 지 10년이 넘었다고 했다. 다른 사람이 하품을 하는 모습을 보는 것은 물론, 하품하는 사진, 그림, 때로는 이모티콘을, 심지어는 하품이라는 단어를 듣거나 보기만 해도 넌 하품을 한다. 연달아 몇 번 하품을 하고 나면 급기야 눈물을 흘리기도 하던데.

그런데 감정이 북받쳐 정말 울고 싶어질 때가 오면 정말 금방이라도 왈칵 쏟아질 것 같다가도 어떻게 울어야 하는지 모르겠다는 거다. 차라리 눈물 연기를 하는 법을 배워서라도, 어떻게든 터트리는 방법을 배우고 싶다고.

또 누구는 동물농장을 보면 그렇게 우는데, 혼자 터벅이며 집으로 걸어가는 밤 문득 울고 싶어질 때면 절대로 눈물이 나오지 않는다 했다. 하루를 완전히 망쳐버리고는 악몽까지 꿔버렸을 때. 되는 것 하나 없어 세상이 원망스러웠을 때에. 울고 싶었는데 울지 못한 밤이었다고.

너를 울게 만든 상황보다 널 울 수 없게 만든 상황이 더 아픈 것은. 내가 차마 가늠할 수 없는 이유이기 때문이지 않을까. 의젓했어야 하는 너의 어린 시절 때문에, 울고 있을 때 아무도 위로해 주는 이가 없어 울지 않았던 그때가 이유가 되었을 수도 있고. 지친 마음에 같이 제멋대로 쉬어버린 눈물샘이 눈물을 만들어 내는 일을 파업해 버린 걸 수도 있지. 감정이 너무 커서 다가오는 것이 무서워 네 마음이 숨어버리는 걸지도 몰라. 울고 있는 스스로의 모습이 너무 싫어서 차라리 울지 않기로 결심한 걸지도 모르지. 사실 이유는 누가 알겠어.

너는 울고 싶을 때 울 수 있는 내가 부럽다고 했다. 물론 눈물을 흘리지 않아도 네가 울고 싶은 만큼 아픈 마음 정도는 알아줄 수 있지만. 언젠간 너도 숨을 가쁘게 쉴 만큼 펑펑 울 수 있는 날이 올까. 빨갛다 못해 벌게진 네 눈을 보면 나도 눈물이 날지도 모르겠다.

힘들다는 말을 하지 않아도

힘들다는 말을 내게 먼저 털어놓지 않아도, 내가 먼저 찾아가서 위로가 되어주고 싶은 사람들을 종종 본다. 그런 이들은 아무리 숨기려고 노력하지만 목소리에, 때로는 살고 있는 모습 자체에, 또 숨기지 못한 표정에 종종 드러나고는 한다.

네가 힘들어하는 모습이 은연중에 묻어나와 티가 났다는 말이, 절대로 네가 초연치 못했음을 비판하는 게 아니다. 너는 누구에게도 피해를 주고 싶지 않아 혼자서 묵묵히 삼켜왔음을 안다.

그럼에도 너의 노력을 뚫고 풍겨오는 중압감을, 나는 연민으로도 동정으로도 받아들일 수 없겠지만. 네게 무슨 말을 해주는 것이 위로가 될지, 혹은 위로 정도로 해결할 수 없는 상황이라 네게 진짜 필요한 것이 무언지 고민하다가. 결국은 네가 먼저 말할 때까지 기다리자, 하고 외면 아닌 외면을 해 버리는 것이다.

참 힘들게 버텨온 너다. 그 상황 속에서도 짐을 얹어주고 싶지 않아 굳이 꺼내오지 않았던 너다. 입 밖으로 꺼내어 말함으로써 네 아팠던 시간을 상기시키기 싫었던 네 마음이어도 괜찮다. 다만 그것을 혼자 언제까지 감당할 수 있을지 그 위태함에 의문을 둔다.

그래서 힘드냐는 말 대신, 차라리 작은 안부를 건네며 커피 한 잔의 기프티콘을 보내주고는 한다. 네게 어쭙잖은 위로를 하는 것보다는, 따뜻한 커피를 마시게 하는 것이 훨씬 도움이 될 테니까. 그렇지만 기왕이면 그 쿠폰은 나랑 만나서 쓰기로 하자. 너의 이야기를 들으려 하루를 비울 준비는 충분히 되어 있으니.

닫는 말

열아홉에 첫 책을 썼던 것이 엊그제 같은데 벌써 스무 살이 되었고 두 번째 책을 썼습니다. 사실은 미숙했던 열아홉 때보다도 더 별로인 글을 쓰고 있는 것 같아 고군분투했습니다마는, 담당자님께 글을 보내드릴 때마다 칭찬을 아끼지 않고 응원해주셔서 지치지 않고 글을 쓸 수 있었습니다. 어린 나이에 두 권이나 책을 낼 수 있게 도와주신 부크럼 출판사, 끝까지 함께 하진 못했지만 이번 책의 초반 작업을 도와주셨던 정소연 담당자님과, 이래저래 저의 정신없는 후반 작업을 도와주신 정영주 담당자님께 큰 감사를 드립니다.

글을 쓰며 사랑하는 것들이 너무 많아져 버려서, 이제는 삶에 미련이 한가득 남아버렸다는 생각을 했습니다. 지난 추억들까지도 꺼내어 사랑하게 되었고, 과거의 부끄러운 후회들도, 이 책을 쓰기 위해 지새운 수많은 밤들도, 그 시간에 느꼈던 어설픈 감정들도 사랑하게 되었습니다. 아마 이 책이 나오고 나면, 스무 살에 펴낸 저의 두 번째 책도 사랑하는 것들 중에 하나가 되지 않을까요.

책에는 제가 사랑하는 것들 외에도 지인들이 사랑하는 것들에 대한 이야기가 나옵니다. 실제로 이번 책을 준비하면서 주변 사람들에게 제일 많이 물어본 것이 '무엇을 사랑하고 있느냐'는 질문이었습니다. 가볍게 좋아하는 노래나 음식부터, 아주 구체적인 순간을 사랑하고 있는 이도 있었고, 혹은 아주 일상적인 것들을 사랑하는 이도 있었습니다.

그렇지만, 결국 모두가 똑같이 사랑하고 있는 것이 한 가지 있었는데, 바로 사람이었습니다. 그건 가족이기도 했고, 친구들이기도 했고, 혹은 연인이기도 했으며 남몰래 짝사랑하고 있는 사람이기도 했고, 연예인일 때도 있었으며 혹은 이미 세상을 떠나버린 사람이기도 했습니다. 우린 결국 사람을 사랑하고 있구나. 미워하면서도 사랑할 수 있는 것, 그러니까 애증을 느낄 수 있는 것도 결국 사람일 거라는 생각을 합니다.

무언가를 놓치고 있다고 생각하며 살아갈 때가 종종 있습니다. 기분 탓일 거야, 괜한 감정일 거야 하고 생각하며 지냈지만. 사실은 내가 사랑하고 있는 것들을 잠시 잊었을 때, 얼른 다시 기억해내라는 일종의 몸의 신호인지도 모르겠습니다.

그래서, 어제 새벽에는 불현듯 잊고 있었던, 재수 중이라 간신히 문자만 몇 통 주고받을 수 있는 친구에게 연락을 했습니다. 중요한 걸 잊고 살아가는 것 같다는 생각이 들었는데, 그 답이 아마 너였던 것 같다고.

오늘 낮 친구한테 답장이 왔습니다. 몸이 아픈 탓에 학원에서 일찍 나와 핸드폰을 확인할 수 있어서, 그래서 내가 어제 새벽에 보낸 구질구질한 문자를 볼 수 있어서 다행이라고요. 그렇게 밝고 해맑던 친구가 사뭇 진지하고 어두운 말투로 이야기하는 걸 보니 마음이 아프더랍니다. 조만간 학원 앞으로 찾아가 밥이나 한번 사 주어야겠습니다.

결국은, 사랑하는 것들을 새로이 만드는 것도 아주 중요하지만, 내가 이미 사랑하고 있는 것들을 기억하는 것도 참 중요하다는 생각을 다시 한번 했습니다. 무언가를 잊은 것 같다는 찝찝한 생각이 들 때면, 내가 사랑하고 있는 것을 잠시 잊은 건 아닌지 생각해 봅시다. 그러고는, 사랑하는 것들을 계속 사랑하면서, 그렇게 살아갑시다.

살아가려면
뭐라도
사랑해야겠습니다

1판 1쇄 발행 2020년 07월 29일

지 은 이 장마음
기획편집 정영주 정소연
디 자 인 정영주

발 행 인 정영욱

펴낸곳 (주)부크럼
전 화 070-5138-9971~3 (도서기획제작팀)
이메일 editor@bookrum.co.kr
인스타그램 @bookrum.official
블로그 blog.naver.com/s2mfairy
포스트 post.naver.com/s2mfairy

ⓒ 장마음, 2020
ISBN 979-11-6214-337-7